et un Cantiques

Y+

De l'imprimerie Rousseau-Leroy, à Arras,

CENT ET UN CANTIQUES

POPULAIRES

À L'USAGE DE LA JEUNESSE.

ARRAS,

TYPOGRAPHIE ROUSSEAU-LEROY,

RUE SAINT-MAURICE, 26.

1865

Nº 1.

Adressons notre hommage
A la Reine des cieux ;
Elle aime de notre âge
La candeur et les vœux.

Du beau nom de Marie
Faisons tout retentir ;
Qu'elle-même, attendrie,
Daigne nous applaudir.

Tout ici parle d'elle,
Son nom règne en ces lieux;
Nous croissons sous son aile,
Nous vivons sous ses yeux.

Cet autel est le trône
D'où coulent ses faveurs;
Son divin Fils lui donne
Tous ses dro ts sur nos cœurs.

Marie est notre mère,
Nous sommes ses enfants :
Consacrons à lui plaire
Le printemps de nos ans.

O Vierge douce et pure !
Notre cœur en ce jour
Vous promet, il vous jure
Un éternel amour.

Protégez-nous sans cesse,
Dès nos plus tendres ans ;
Guidez notre jeunesse,
Veillez sur vos enfants.

Au milieu des orages
D'un monde séducteur,
Sauvez-nous des naufrages
Et gardez notre cœur.

Nº 2.

A la mort, à la mort,
Pécheur, tout finira ;

Le Seigneur, à la mort,
Te jugera.

Il faut mourir, il faut mourir,
De ce monde il nous faut sortir ;

Le triste arrêt en est porté,
Il faut qu'il soit exécuté.

Comme une fleur qui se flétrit,
Ainsi bientôt l'homme périt ;
L'affreuse mort vient de nos jours
En un instant finir le cours.

Venez, pécheurs, près d'un cercueil,
Venez confondre votre orgueil ;
Là, tout ce qu'on estime tant
Se trouve réduit au néant.

Filles pleines de vanité,
Que deviendra votre beauté ?
Vos traits hideux et sans couleur,
Vous rendront un objet d'horreur.

Vous qui suivez tous vos désirs,
Qui vous plongez dans les plaisirs,
En vous quel affreux changement
La mort va faire en un moment !

Plus de ris, de jeux, de douceurs ;
Plus de trésors, plus de grandeurs :
Ces biens dont vous êtes jaloux
Vont tout à coup périr pour vous.

Adieu, famille, adieu, parents,
Adieu, chers amis, chers enfants ;
Votre cœur se désolera :
Mais enfin tout vous quittera.

S'il fallait subir votre arrêt,
Qui de vous, chrétiens, serait prêt ?
Combien dont le funeste sort
Serait une éternelle mort !

N° 3.

Au fond des brûlants abîmes,
Nous gémissons, nous pleurons ;
Et pour expier nos crimes,
Loin de Dieu nous y souffrons.
          Hélas ! hélas !
Feu vengeur, de tes victimes
Les pleurs ne t'éteignent pas !

A l'aspect de nos supplices,
Chrétiens, attendrissez-vous ;
A nos maux soyez propices,
O nos frères, sauvez-nous !
          Hélas ! hélas !
Le Ciel, sans vos sacrifices,
Ne les abrégera pas.

Tandis que les âmes pures
Prennent leur vol vers les cieux,
Les plus légères souillures
Nous retiennent dans ces feux.
          Hélas ! hélas !
Dans ces cruelles tortures
Ne nous abandonnez pas.

De ces flammes dévorantes
Vous pouvez nous arracher ;
Hâtez-vous, âmes ferventes,
Dieu se laissera toucher.
    Hélas ! hélas !
De ces peines si cuisantes
La fin ne viendra donc pas ?

Grand Dieu ! de votre justice
Désarmez le bras vengeur ;
Que notre malheur finisse
Par le sang d'un Dieu sauveur !
    Vers nous, hélas !
Votre main libératrice
Ne s'étendra-t-elle pas ?

Nº 4.

Au sang qu'un Dieu va répandre,
Ah ! mêlez du moins vos pleurs,
Chrétiens qui venez entendre
Le récit de ses douleurs.
Puisque c'est pour vos offenses
Que ce Dieu souffre aujourd'hui,
Animés par ses souffrances,
Vivez et mourez pour lui.

Dans un jardin solitaire
Il sent de rudes combats ;
Il prie, il craint, il espère,
Son cœur veut et ne veut pas.
Tantôt la crainte est plus forte,

Et tantôt l'amour plus fort ;
Mais enfin l'amour l'emporte,
Et lui fait choisir la mort.

Judas, que la fureur guide,
L'aborde d'un air soumis ;
Il l'embrasse, et ce perfide
Le livre à ses ennemis.
Judas, un pécheur t'imite
Quand il feint de l'apaiser :
Souvent sa bouche hypocrite
Le trahit par un baiser.

On l'abandonne à la rage
De cent tigres inhumains ;
Sur son auguste visage
Des valets portent leurs mains.
Vous deviez, Anges fidèles,
Témoins de ces attentats,
Ou le mettre sous vos ailes,
Ou frapper tous ces ingrats.

Ils le traînent au grand-prêtre,
Qui seconde leur fureur,
Et ne veut le reconnaître
Que pour un blasphémateur.
Quand il jugera la terre,
Ce Sauveur aura son tour !
Aux éclats de son tonnerre
Nous le connaîtrons un jour.

Tandis qu'il se sacrifie,
Tout conspire à l'outrager !
Pierre lui-même l'oublie,

Et le traite d'étranger ;
Mais Jésus perce son âme
D'un regard tendre et vainqueur,
Et met d'un seul trait de flamme
Le repentir dans son cœur.

Chez Pilate on le compare
Au dernier des scélérats.
Qu'entends-je? ô peuple barbare !
Tes cris sont pour Barabbas !
Quelle indigne préférence !
Le juste est abandonné ;
On condamne l'innocence,
Et le crime est pardonné.

On le dépouille, on l'attache ;
Chacun arme son courroux :
Je vois cet Agneau sans tache
Tomber presque sous les coups.
C'est à nous d'être victimes :
Arrêtez, cruels bourreaux !
C'est pour effacer nos crimes
Que son sang coule à grands flots.

Une couronne cruelle
Perce son auguste front ;
A ce chef, à ce modèle,
Mondains, vous faites affront :
Il languit dans les supplices,
C'est un homme d edouleurs ;
Vous vivez dans les délices,
Vous vous couronnez de fleurs.

Il marche, il monte au Calvaire,
Chargé d'un infâme bois ;
De là, comme d'une chaire,
Il fait entendre sa voix :
« Ciel, dérobe à ta vengeance
« Ceux qui m'osent outrager ! »
C'est ainsi, quand on l'offense,
Qu'un chrétien doit se venger.

Une troupe déchaînée
L'insulte et crie à l'envi :
« Qu'il change sa destinée,
« Et nous croirons tous en lui. »
Il peut la changer sans peine,
Malgré vos nœuds et vos clous ;
Mais le nœud qui seul l'enchaîne,
C'est l'amour qu'il a pour nous.

Ah ! de ce lit de souffrance,
Seigneur ne descendez pas ;
Suspendez votre puissance,
Restez-y jusqu'au trépas.
Mais tenez votre promesse,
Attirez-nous après vous ;
Pour prix de votre tendresse,
Puissions-nous y mourir tous !

Il expire, et la nature
Dans lui pleure son Auteur ;
Il n'est point de créature
Qui ne marque sa douleur.
Un spectacle si terrible
Ne pourra t-il me toucher ?
Et serai-je moins sensible
Que n'est le plus dur rocher ?

Nᵒ 5.

Aux chants de la victoire
Mêlons des chants d'amour
    En ce jour ;
Dieu descend de sa gloire
En cet heureux séjour !
Terre, frémis de crainte :
Voici le Dieu jaloux
    Près de nous ;
Sous sa Majesté sainte,
O cieux, abaissez-vous.

Qu'un nuage obscurcisse
L'éclat de ce grand Roi
    Devant moi,
Le Soleil de justice
Luit toujours à ma foi.

Perçant les voiles sombres
Qui dérobent ses feux
    A mes yeux,
J'aperçois sous ces ombres
Le Monarque des cieux.

Doux vainqueur, il s'avance :
Offrez-lui vos présents,
    Chers enfants ;
Offrez de l'innocence
Et les vœux et l'encens.
Partout sur son passage,
S'il voit voler vos fleurs
    Et vos cœurs,
Il paiera votre hommage
Des plus riches faveurs.

Nᵒ 6.

Avant de quitter notre Maître,
Jetons-nous dans son divin cœur,
Puisque Jésus veut bien nous promettre
Que nous y trouverons le bonheur.

Marie, ô notre aimable Mère,
Daignez recevoir nos adieux ;
Priez pour nous Jésus et son Père
De nous placer un jour dans les cieux.

Saint Joseph, époux de Marie,
Ayez pitié de notre sort ;
Secourez-nous pendant notre vie,
Secourez-nous surtout à la mort.

Saint N......, patron de nos pères,
Protégez aussi leurs enfants ;
Sauvez-nous de toutes nos misères,
Soyez sensible à nos pieux accents.

Mon bon ange, gardien fidèle,
Eclairez-moi, guidez mes pas ;
C'est Dieu qui m'a placé sous votre aile :
Tendre ami, ne m'abandonnez pas.

N° 7.

Beau ciel, éternelle patrie,
Vous enflammez tous mes désirs ;
Le monde, ses biens, ses plaisirs,
N'ont plus rien qui me fasse envie.
     Dieu d'amour,
Quand serai-je avec vous au céleste séjour !

Ici, toujours quelque souffrance,
Toujours quelque infidélité ;
Mais dans l'heureuse éternité
Plus de chagrins, plus d'inconstance.

Quand verrai-je briller l'aurore
De ce jour qui n'a point de soir !
Quand mes yeux pourront-ils te voir,
O Dieu, dont l'amour me dévore !

O mort, viens finir mes alarmes,
Rends mon âme à son Créateur ;
Ah ! la vie est-elle un bonheur,
Quand on y verse tant de larmes !

N° 8.

Bravons les enfers	Sortons de l'esclavage.
Et brisons nos fers ;	Unissons nos voix,

Rendons à la Croix
Un sincère et public hommage.

Jurons haine au respect humain,
Brisons cette idole fragile ;
Sur ses débris, que notre main
Elève un trône à l'Évangile.

Où sont ces cœurs vils et rampants,
Captifs d'une peur puérile ?
Esclaves, sortez de nos rangs :
Dans nos rangs point d'âme servile !

Lorsque sur le champ de l'honneur
La valeur signale les braves,
On nous verrait, lâches, sans cœur
Traîner la chaîne des esclaves !

Quoi ! nous rougirions, vils mortels ,
Honteux d'être vus dans le temple,
Adorant au pied des autels
Le grand Dieu que le ciel contemple !.....

Non, non ; d'une vaine terreur
Nous ne serons plus la victime :
Qu'il soit banni de notre cœur,
Le cruel tyran qui l'opprime !

Nº 9.

Célébrons le Roi de gloire
Par l'accord de nos concerts,
Et de nos chants de victoire
Faisons retentir les airs.
Qu'à bénir Dieu tout s'empresse
Dans ce jour si fortuné ;
Livrons-nous à l'allégresse,
Un Rédempteur nous est né.

Quelle merveille ineffable !
L'Eternel, le Tout-Puissant
Est couché dans une étable,
Sous la forme d'un enfant !
Mais si cet auguste Maître
Nous voile sa Majesté,
Comme il laisse bien paraître
Son immense charité !

Pour nous élever, lui-même
Il daigne s'anéantir ;
Par son indigence extrême
Il cherche à nous enrichir ;
Pour pardonner nos offenses
Quittant son trône éternel,
Il vient sous les apparences
D'un homme faible et mortel.

Accourons tous à la crèche,
Jetons les yeux sur Jésus ;
Sans parler, comme il nous prêche
Les plus touchantes vertus !

Heureux celui qui contemple
L'état de ce Dieu naissant !
Oh ! pour nous que son exemple
Est un exemple pressant !

Doux enfant ! divin Messie !
Verbe fait homme pour nous !
Vous nous apportez la vie :
Ah ! que ferons-nous pour vous?
A vous seul, Maître adorable,
Nous nous donnons en ce jour ;
Soyez seul, Sauveur aimable,
Seul, l'objet de notre amour.

N° 10.

C'est le nom de Marie
Qu'on célèbre en ce jour ;
O famille chérie,
Chantez ce nom d'amour.

C'est le nom d'une mère,
Chantez, heureux enfants ;
Unissez, pour lui plaire,
Et vos cœurs et vos chants.

C'est un nom de puissance,
Un nom plein de douceur ;
Un nom dont la clémence
Surpasse la grandeur.

C'est un nom d'espérance
Au pécheur repentant,
Un gage d'innocence
Au cœur juste et fervent.

Il n'est rien de plus tendre,
Il n'est rien de plus fort :
Le ciel aime à l'entendre ;
Pour l'enfer c'est la mort.

Que le nom de ma Mère,
Au dernier de mes jours,
Soit toute ma prière,
Et soit tout mon secours.

Nᵒ 11.

Chantons en ce jour
Jésus et sa tendresse extrême ;
Chantons en ce jour
Et ses bienfaits et son amour.
Il a daigné lui-même | De ce bonheur suprême
Descendre dans nos cœurs ; | Célébrons les douceurs.

O Dieu de grandeur !
Plein de respect, je vous révère ;
O Dieu de grandeur !
En vous j'adore mon Seigneur.
Si ce profond mystère | C'est l'amour qui m'éclaire
Vient éprouver ma foi, | Et vous découvre à moi.

Aimons le Seigneur,
Ne cherchons jamais qu'à lui plaire ;
Aimons le Seigneur,
Il fera seul notre bonheur.
Ami tendre et sincère, | Il est plus : il est père ;
Généreux bienfaiteur, | Donnons-lui notre cœur.

Pour tous vos bienfaits,
Que vous offrir, ô divin Maître?
Pour tous vos bienfaits,
Je me donne à vous pour jamais.
Dès ma plus tendre enfance, | Sauvez mon innocence,
Vous guidâtes mes pas ; | Couronnez mes combats,

Nᵒ 12.

Chantons les combats et la gloire
Des Saints, nos illustres aïeux ;
Ils ont remporté la victoire,
Ils sont couronnés dans les cieux.

Il n'est plus pour eux de tristesse,
Plus de soupirs, plus de douleurs ;
Ils moissonnent dans l'allégresse,
Ce qu'ils ont semé dans les pleurs.

Objet des tendres complaisances
De l'Eternel, du Tout-Puissant,
Ses grandeurs sont leurs récompenses,
Son amour est leur aliment.
Il n'est plus de sollicitude
Qui trouble leur félicité,
Ils sont dans une quiétude
Qui durera l'éternité.

Grands Saints, vous êtes nos modèles,
Nous serons vos imitateurs ;
Nous voulons vous être fidèles,
Daignez être nos protecteurs.
Puissions-nous, marchant sur vos traces,
Être au Seigneur toujours soumis !
Sollicitez pour nous ses grâces,
Puisque vous êtes ses amis.

Vous habitez votre patrie,
Et nous errons en étrangers ;
Votre sort est digne d'envie,
Et le nôtre est plein de dangers ;
Vous fûtes tout ce que nous sommes,
Au mal exposés comme nous ;
Demandez au Sauveur des hommes
Qu'un jour nous régnions avec vous.

N° 13.

Chaste Epoux d'une Vierge-Mère
Qui nous adopta pour enfants,
Vous êtes aussi notre Père,
Vous en avez les sentiments.
  Témoin de l'enfance
Et des premiers pas de Jésus,
Obtenez-nous son innocence,
Faites croître en nous ses vertus.

Qu'il est beau, qu'il est plein de grâce,
Ce lis qui brille dans vos mains !
Sa céleste blancheur efface
La couronne de tous les Saints.

O Chef de la famille sainte,
Saint Patriarche, saint Epoux,
Joseph, ouvrez-nous cette enceinte
Où Jésus vécut avec vous.

Dites-nous quel fut son silence,
Sa douceur, son humilité,
Son admirable obéissance
Et sa touchante charité.

Daignez, tous les jours de ma vie,
Veiller sur moi, me secourir ;
Et qu'entre Jésus et Marie,
Comme vous je puisse mourir !

N° 14.

Comme l'olivier solitaire
Croît à l'abri du sanctuaire,

Marie, à l'ombre du saint lieu,
Croissait sous les regards de Dieu.
Si dans la paix et l'innocence,
S'écoule aussi le temps de votre enfance,
Heureux enfants, vous serez ses amours,
    Toujours, toujours, toujours.

Dans une retraite profonde
Tout près de Dieu, bien loin du monde,
Elle coulait, dans le Seigneur,
Des jours de paix et de bonheur.

La candeur était la parure
De cette âme céleste et pure,
Et l'innocence de son cœur
Du lis effaçait la blancheur.

La prière, comme une flamme,
Brûlait sans cesse dans son âme
Et s'élevait vers le Seigneur,
Parfum d'une suave odeur.

Sa voix, comme celle des anges,
Du Très-Haut chantait les louanges,
Et ses accents mélodieux
Etaient comme un écho des cieux.

Quand le Pontife, aux jours de fêtes,
Lisait la loi des saints Prophètes,
Elle écoutait avec bonheur
Et conservait tout dans son cœur.

Le ciel admirait en silence
Tant de vertu, tant d'innocence,
Et la terre ignorait encor
Qu'elle possédait ce trésor.

N° 15.

Comment goûter quelque repos
Dans les tourments d'un cœur coupable!
Loin de vous, ô Dieu tout aimable,
Tous les biens ne sont que des maux.
J'ai fui la maison de mon Père,
A la voix d'un monde enchanté ;
Il promet la félicité,
Mais il n'enfante que misère.

Créateur justement jaloux,
Ah ! voyez ma douleur profonde !
Ce que j'ai souffert pour le monde,
Que ne l'ai-je souffert pour vous !....
J'ai poursuivi dans les alarmes
Le fantôme des vains plaisirs :
Ah ! j'ai semé dans les soupirs,
Et je moissonne dans les larmes !

Qui me rendra de la vertu
Les douces, les heureuses chaînes !
Mon cœur sous le poids de ses peines
Succombe et languit abattu.
J'espérais, ô triste folie !
Vivre tranquille et criminel ;
J'oubliais l'oracle éternel :
« Il n'est point de paix pour l'impie. »

De mon abîme, ô Dieu clément,
J'ose t'adresser ma prière ;
Cessas-tu donc d'être mon père,
Si je fus un indigne enfant !

Hélas ! à son lever, l'aurore
Aux pleurs trouve mes yeux ouverts ;
Et la nuit couvre l'univers
Que mon âme gémit encore.

A peine brilla ma raison
Qu'à ton amour je fis outrage ;
Je dissipai mon héritage
Et déshonorai ta maison.
Je n'ose demander ma place
Ni prendre le doux nom de fils ;
Parmi tes serviteurs admis
A ta bonté je rendrai grâce.

Mais quelle voix !.... Qu'ai-je entendu ?
« De concerts que l'air retentisse,
« Que le ciel lui-même applaudisse :
« Mon cher fils enfin m'est rendu. »
.Dieu ! je vois mon père !... il s'empresse,
L'amour précipite ses pas :
Il vient me serrer dans ses bras,
Baigné des pleurs de sa tendresse.

Ce père tendre et plein d'amour,
Mon âme, c'est ton Dieu lui-même ;
En fait-il assez pour qu'on l'aime ?
Sois-lui fidèle sans retour.
Dans ta bonté, Seigneur, efface
Les jours où j'oubliai ta loi !....
Un pécheur qui revient à toi
Est le chef-d'œuvre de ta grâce.

Nº 16.

D'être enfants de Marie
Ah ! qu'il nous est doux !
Venez, troupe chérie,
Implorons-la tous.

O divine Marie,
Daignez en ce jour
Recevoir pour la vie
Nos cœurs sans retour.

Chantons ses louanges,
Chacun tour à tour ;
Imitons les Anges
Tout brûlants d'amou.

Au pied de votre image
Voyez vos enfants :
Ils vous offrent l'hommage
De leurs jeunes ans.

Pour former sa couronne
Unissons nos cœurs ;
Ils ornent mieux son trône
Que l'éclat des fleurs.

O bienfaisante Mère,
Agréez nos vœux ;
Guidez-nous sur la terre,
Ouvrez-nous les cieux.

Nº 17.

Dieu va déployer sa puissance ;
Le temps comme un songe s'enfuit :
Les siècles sont passés, l'éternité commence,
Le monde va rentrer dans l'horreur de la nuit.

J'entends la trompette effrayante ;
Quel bruit ! quels lugubres éclairs !
Le Seigneur a lancé sa foudre étincelante,
Et des feux dévorants embrasent l'univers.

Les monts foudroyés se renversent,
Les êtres sont tous confondus ;
La mer ouvre son sein, les ondes se dispersent ;
Tout est dans le chaos, et la terre n'est plus.

Sortez des tombeaux, ô poussière,
Dépouille des pâles humains ;

Le Seigneur vous appelle, il vous rend la lumière;
Il va sonder les cœurs et fixer vos destins.

Il vient : tout est dans le silence ;
Sa croix porte au loin la terreur,
Le pécheur, consterné, frémit en sa présence,
Et le juste lui-même est saisi de frayeur.

Assis sur son trône de gloire,
Il dit : « Venez, ô mes élus !
« Comme moi vous avez remporté la victoire,
« De mes mains recevez le prix de vos vertus.

« Tombez dans le fond des abîmes,
« Tombez, pécheurs audacieux ;
« De mon juste courroux immortelles victimes,
« Vils suppôts des démons, allez brûler comme eux. »

De tes jugements, Dieu sévère,
Ne puis-je éviter les rigueurs ?
J'ai péché : que ton sang désarme ta colère !
J'ai péché : mais mon crime est lavé dans mes pleurs!

N° 18.

Divin cœur de Marie,
Refuge du pécheur,
Rends la paix et la vie
A notre pauvre cœur.

Communique à nos âmes
Un rayon de ce feu,
De ces heureuses flammes
Dont tu brûlas pour Dieu.

Sanctuaire ineffable
Où reposa Jésus,

O source intarissable
De toutes les vertus !....

Cœur tendre, cœur aimable,
Du pécheur le recours,
Sa malice exécrable
Te perce tous les jours.

Ah ! puissent nos hommages
Ici-bas expier
Tant de sanglants outrages
Qu'on te fait essuyer !

Nº 19.

D'une Mère chérie
Célébrons les grandeurs ;
Consacrons à Marie
Et nos voix et nos cœurs.

De concert avec l'Ange,
Quand il la salua,
Disons à sa louange,
Un Ave, Maria.

Modeste créature
Elle plut au Seigneur,
Et, Vierge toujours pure,
Enfanta le Sauveur.

Nous étions la conquête
Du tyran des enfers ;

En écrasant sa tête,
Elle a brisé nos fers.

Que l'espoir se relève
En nos cœurs abattus ;
Par cette nouvelle Eve,
Les cieux nous sont rendus.

O Marie ! ô ma Mère !
Prenez soin de mon sort ;
C'est en vous que j'espère,
En ma vie, à ma mort.

Obtenez-nous la grâce,
A notre dernier jour,
De vous voir face à face
Au céleste séjour.

Nº 20.

Du séjour de la gloire,
Bienheureux, dites-nous,
Après votre victoire,
Quels biens possédez-vous ?—
Ces biens sont ineffables :
Le cœur n'a point compris
Quels trésors admirables
Dieu garde à ses amis.

Martyrs, dont le courage
Triompha des bourreaux,
Quel est votre partage
Après de si grands maux ? —

Nous portons la couronne,
La palme est dans nos mains;
Nous partageons le trône
Du Sauveur des humains.

Vous, humbles solitaires,
Que l'Egypte a produits,
De vos jeûnes austères
Quels sont enfin les fruits ?—
Pour tous nos sacrifices
Et nos saintes rigueurs,
Un torrent de délices
Déborde de nos cœurs.

Et vous, vierges fidèles
Dont Jésus fut l'époux,
Pour des vertus si belles
Quel bonheur goûtez-vous ?—
Épouses fortunées,
Nous pouvons en tout lieu ,
De roses couronnées,
Suivre l'Agneau de Dieu.

Vous qui du riche avare
Éprouviez les froideurs,
Compagnons du Lazare,
Quelles sont vos douceurs ?—
Nous sommes à la table
Du Roi de l'univers ;
Le riche impitoyable
Est au fond des enfers.

Et vous qu'un pain de larmes
Nourrissait chaque jour,
Quels sont pour vous les char-
Du céleste séjour ? — [mes

Une main secourable
Daigne essuyer nos pleurs ;
Un repos délectable
Succède à nos douleurs.

Mais quelle est la durée
D'un si charmant repos ?
Dieu l'a-t-il mesurée
Sur celle de vos maux ? —
Dieu, qui de nos souffrances
Abrégea les moments,
Veut que nos récompenses
Durent dans tous les temps.

Ah ! daignez nous apprendre
En cet exil cruel,
Quelle route il faut prendre
Pour arriver au ciel ? —
Si vous voulez nous suivre,
Marchez en combattant,
Et, sans cesser de vivre,
Mourez à chaque instant.

N° 21.

Du Tout-Puissant la parole féconde,
Pour tout créer n'employa que six jours,
Et le septième, en contemplant le monde,
De ses travaux Dieu suspendit le cours.
L'homme ici-bas, à Dieu pour rendre gloire,
De ce repos doit garder la mémoire.
Observons bien le saint jour du Seigneur :
Observons-le ; soyons à Dieu fidèles,

Et, dans les cieux, des fêtes éternelles
Nous goûterons l'ineffable bonheur.

Oui, Dieu le veut : la terre est son domaine ;
Il a parlé : nous sommes ses sujets ;
Obéissance à sa loi souveraine :
Peuple chrétien, respectons ses décrets.
Maître du temps et des jours qu'il nous donne,
Il nous invite au repos, il l'ordonne.

Il faut, pour vivre, en de longues journées
De notre front répandre les sueurs ;
Mais sans repos nos forces épuisées
Succomberaient sous ces rudes labeurs :
La loi de Dieu, paternelle sagesse !
De notre corps ménage la faiblesse.

Dans les travaux des champs ou de l'usine,
En un vil gain mettant tout son bonheur,
L'homme oublierait sa fin, son origine,
Il oublierait son âme et sa grandeur.
Dans ce saint jour, à Dieu rendant hommage,
Il comprendra qu'il est de Dieu l'image.

Nous te jurons, Seigneur, obéissance,
Nous renonçons aux travaux défendus ;
Nous attendons de toi, pour récompense,
Au ciel un jour le repos des élus.
Dès ici-bas montre-toi notre Père
Et loin de nous écarte la misère.

N° 22.

En ce jour,
J'implore et j'espère,
Tendre mère,
Ton amour.

Aujourd'hui
De toute mon âme
Je réclame
Ton appui.

Jour et nuit
Toute la nature,
Vierge pure,
Te bénit.

Nuit et jour
Mon âme soupire
Pour te dire
Mon amour.

Maintenant
Je sais te connaître,
Et veux être
Ton enfant.

En ton nom
Le pécheur espère
Et lumière
Et pardon.

De ton cœur,
Le monde réclame
Et proclame
La douceur.

Si mon cœur,
O ma tendre mère,
Peut te plaire,
Quel bonheur!

Que jamais
Mon âme n'oublie,
O Marie,
Tes bienfaits.

A la mort
L'enfant de Marie
Plein de vie
Entre au port.

N° 23.

Enfin, de son tonnerre
Dieu dépose les traits,
Et Marie, à la terre
Vient annoncer la paix.

Ainsi, quand sa vengeance
Eclate dans les airs,
L'arc de son alliance
Rassure l'univers.

En vain Satan murmure
Et réclame ses droits :
Sur cette créature
Dieu seul étend ses lois.
Rien dans ce sanctuaire
Ne blessera ses yeux,
Et le cœur de sa mère
Est pur comme les cieux.

D'une tige flétrie
Glorieux rejeton,
Tu trompes, ô Marie,
La fureur du démon.
Il faut, le ciel l'ordonne,
Que son front abhorré,
De ton sublime trône
Soit le premier degré.

N° 24.

Espoir des pécheurs, ô Marie,
Entendez nos tristes accents ;
Accablés des maux de la vie,
Nous poussons des cris gémissants ;
Ah ! tout notre espoir est en vous,
Mère de Dieu , priez pour nous.

Toujours errants sur cette terre
Comme de pauvres voyageurs,
Vers votre cœur, ô bonne mère,
Nous élevons nos voix, nos cœurs.

O cœur de la plus tendre mère !
Cœur plein de grâce et de bonté !
Vous sur qui, dans notre misère,
Notre cœur a toüjours compté !...

Daignez être notre refuge
Et notre appui dans tous les temps,
Surtout auprès de notre juge,
Dans le dernier de nos instants.

N° 25.

Goûtez, âmes ferventes,
Goûtez votre bonheur ;
Mais demeurez constantes
Dans votre sainte ardeur.

Heureux le cœur fidèle
Où règne la ferveur !
Il possède avec elle
Tous les dons du Seigneur.

Elle est le vrai partage
Et le sceau des élus ;
Elle est l'appui, le gage
Et l'âme des vertus.

Par elle la foi vive
S'allume dans les cœurs,
Et sa lumière active
Guide et règle nos mœurs.

Par elle l'espérance
Ranime ses soupirs,
Et croit jouir d'avance
Des célestes plaisirs.

Par elle, dans les âmes,
S'accroît de jour en jour
L'activité des flammes
Du pur et saint amour.

C'est sa vertu puissante
Qui garantit nos sens
De l'amorce attrayante
Des plaisirs séduisants.

De l'âme pénitente
Elle adoucit les pleurs,
Et de l'âme souffrante
Console les douleurs.

Sous ses heureux auspices
On goûte les bienfaits,
Les charmes, les délices
De la plus douce paix.

Mais, sans sa vive flamme,
Tout déplaît, tout languit,
Et la beauté de l'âme
Se fane et dépérit.

N° 26.

Grand Dieu, mon cœur touché
D'avoir péché,   Couronne tes bienfaits,
Demande grâce ;   Pardonne mes forfaits ;
Je ne veux plus, Seigneur, encourir ta disgrâce.
Pardon, mon Dieu, pardon ; N'es-tu pas un Dieu bon ?

Hélas ! le triste cours
Des plus beaux jours | N'est qu'un tissu d'erreurs,
De ma jeunesse, | De crimes, de malheurs ;
Ah ! bien loin de t'aimer, je t'outrageai sans cesse...

Sous mes pieds, les enfers
Sont entr'ouverts | En un instant la mort
Par ta vengeance ; | Pourrait fixer mon sort ;
J'implore ta pitié, j'invoque ta clémence.....

Je tombe à tes genoux,
Suspends tes coups, | Vcis le sang de ton Fils,
O Dieu terrible ! | Daigne entendre ses cris ;
Aux vœux qu'il fait pour nous ne sois pas insensible...

Ah ! puisse désormais
Et pour jamais, | N'aimer que le Seigneur,
Mon cœur fidèle | L'aimer avec ardeur !
Puissé-je mériter la couronne éternelle !

Nᵒ 27.

Hélas ! quelle douleur | La mort déjà me suit ;
Remplit mon cœur, | O triste nuit,
Fait couler mes larmes ! | Déjà je succombe !
Hélas ! quelle douleur | La mort déjà me suit ;
Remplit mon cœur | Le monde fuit,
De crainte et d'horreur ! | Tout s'évanouit.
Autrefois, | Je la vois
Seigneur, sans alarmes, | Entr'ouvant ma tombe,
De tes lois | Et sa voix
Je goûtais les charmes ; | M'appelle et j'y tombe.
Hélas ! vœux superflus !... | O mort, cruelle mort !
Beaux jours perdus, | Si jeune encor !....
Vous ne serez plus !.... | Quel funeste sort !

Frémis, ingrat pécheur,
    Un Dieu vengeur,
D'un regard sévère....
Frémis, ingrat pécheur,
    Un Dieu vengeur,
Va sonder ton cœur.
    Malheureux !
Entends son tonnerre :
    Si tu peux,
Soutiens sa colère.
Frémis ; seul aujourd'hui,
    Sans nul appui,
Parais devant lui.

Grand Dieu ! quel jour affreux
    Luit à mes yeux !
Quel horrible abîme !
Grand Dieu ! quel jour affreux
    Luit à mes yeux !
Quels lugubres feux !
    Oui, l'enfer,
Vengeur de mon crime,
    Entr'ouvert
Attend sa victime.
Grand Dieu! quel avenir !
    Pleurer, gémir,
Toujours te haïr !

Beau ciel, je t'ai perdu,
    Je t'ai vendu
Pour de vains caprices ;
Beau ciel, je t'ai perdu,
    Je t'ai vendu ;
Regret superflu.

    Loin de toi,
Toutes les délices
    Sont pour moi
Autant de supplices ;
Beau ciel, toi que j'aimais,
    Qui me charmais,
Ne te voir jamais !

Non, non ; c'est une erreur
    Dans mon malheur,
Hélas ! je m'oublie ;
Non, non ; c'est une erreur :
    Dans mon malheur
Je trouve un Sauveur.
    Il m'entend,
Me réconcilie ;
    Dans son sang
Je reprends la vie.
Non, non ; je l'aime encor,
    Et le remord
Va changer mon sort.

Jésus! manne des cieux,
    Pain des heureux,
Mon cœur te réclame ;
Jésus! manne des cieux,
    Pain des heureux,
Viens combler mes vœux.
    Désormais,
Ta divine flamme
    Pour jamais
Embrase mon âme.
Jésus! ô mon Sauveur !
    Sois de mon cœur
L'éternel bonheur.

N° 28.

Heureux enfants, d'une sainte harmonie,
Venez goûter les plaisirs innocents ;
Que la sagesse, à vos accords unie,
Vous fasse fuir les profanes accents.

A qui doit-on consacrer du bel âge
La douce voix, les sons mélodieux ?
C'est au Seigneur qu'en appartient l'usage :
Il est l'auteur de ces dons précieux.

Donc, loin de vous les chants de la licence !
Prêter sa voix à de coupables airs,
Serait du ciel provoquer la vengeance,
Et de l'impie imiter les concerts.

De la vertu chantez plutôt les charmes :
Vos anges saints s'uniront à vos voix ;
Et les pécheurs, les yeux remplis de larmes,
Viendront bientôt se ranger sous ses lois.

N° 29.

Il est né le divin Enfant :
Résonnez, hautbois et musettes ;
Il est né le divin Enfant :
Chantons tous son avénement.

Ah ! qu'il est beau, qu'il est charmant !
Ah ! que ses grâces sont parfaites !
Ah ! qu'il est beau, qu'il est charmant !
Qu'il est doux ce petit enfant !

Une étable est son logement,
Un peu de paille sa couchette ;
Une étable est son logement :
Pour un Dieu quel abaissement !

Venez, ô rois de l'Orient !
Venez vous unir à nos fêtes ;
Venez, ô rois de l'Orient !
Venez adorer cet enfant.

Il veut nos cœurs, il les attend,
Il vient en faire la conquête ;
Il veut nos cœurs, il les attend :
Qu'ils soient à lui dès ce moment.

N° 30.

Il faut quitter le sanctuaire
Où j'ai retrouvé le bonheur ;
Mais je veux auprès de ma mère,
Je veux ici laisser mon cœur.
Je pars ; adieu, mère chérie,
Adieu, ma joie et mes amours ;
Toujours je t'aimerai, Marie,
Toujours, toujours, toujours.

Garde mon cœur, ô tendre mère,
Garde-le toujours près de toi ;
Si l'ennemi me fait la guerre,
Ne cesse de veiller sur moi.

Tu seras ma libératrice,
Dans mes dangers, dans mes combats;
Des bords affreux du précipice,
Tu sauras détourner mes pas.

Tu répondras à ma prière,
Par un regard du haut des cieux;
Tu me diras : Je suis ta mère,
Toujours sur toi j'aurai les yeux.

Que je voudrais, Vierge fidèle,
Toujours m'abriter près de toi,
Toujours me cacher sous ton aile !
Ah ! je m'éloigne plein d'effroi !

N° 31.

Il n'est pour moi qu'un seul bien sur la terre,
Et c'est Dieu seul : Dieu seul est mon trésor.
Dieu seul, Dieu seul, allége ma misère,
Et vers Dieu seul mon cœur prend son essor.
Je bénis sa tendresse | Et répète sans cesse
Ce cri d'amour, ce cantique du cœur :
Dieu seul, Dieu seul, voilà le vrai bonheur.

Dieu seul, Dieu seul guérit toute blessure ;
Dieu seul, Dieu seul est un puissant secours;
Dieu seul suffit à l'âme droite et pure,
Et c'est Dieu seul qu'elle cherche toujours.
Répétons, ô mon âme, | Ce chant qui seul m'enflamme,
Ce cri d'amour, ce cantique du cœur :
Dieu seul, Dieu seul, voilà le vrai bonheur.

Quel déplaisir pourrait jamais atteindre
Cet heureux cœur que Dieu seul peut charmer?
Quels maux, grand Dieu, ce cœur pourrait-il crain-
Il n'en est point pour qui sait vous aimer.   [dre?
Aimer un si bon Père, | C'est commencer sur terre
Ce chant d'amour de la sainte cité :
Dieu seul, Dieu seul, et pour l'éternité !

N° 32.

Ils ne sont plus les jours de larmes :
J'ai retrouvé la paix du cœur,
Depuis que j'ai goûté les charmes
Des tabernacles du Seigneur.

Je buvais à la coupe amère
Dont on me vantait la douceur :
Et je délaissais, ô mon Père,
Le pain sacré du voyageur !

Je ne trouvais qu'insuffisance
Dans mes plaisirs de chaque jour ;
Que ne savais-je l'abondance
Du banquet divin de l'amour !

Souvent le poids de ma faiblesse
Me faisait gémir de douleur ;
Elle aurait cessé, ma tristesse,
Près de l'autel consolateur !

Trop longtemps, brebis fugitive,
Je m'éloignai du bon Pasteur ;
Aujourd'hui, colombe plaintive,
Je l'appelle..... il m'ouvre son cœur.

Je ne connaîtrai plus les peines :
Je me fixe en ce pieux séjour;
Amour sacré ! rive mes chaînes ;
Ici je veux vivre d'amour.

N° 33.

J'engageai ma promesse au baptême,
Mais pour moi d'autres firent serment ;
En ce jour, je veux parler moi-même,
Je m'engage aujourd'hui librement.

Je crois donc en un Dieu trois personnes :
De mon sang je signerais ma foi ;
Faible esprit, vainement tu raisonnes,
Je m'engage à le croire et le croi.

A la foi de ce premier mystère,
Je joindrai celle d'un Dieu-Sauveur;
Sous les lois de l'Eglise ma mère,
Je m'engage et d'esprit et de cœur.

Je renonce aux pompes de ce monde,
A la chair, à tous ses vains attraits ;
Loin de moi, Satan, esprit immonde !
Je m'engage à te fuir pour jamais.

Faux plaisirs, source impure de vices,
Trop longtemps vous eûtes mon amour;
J'abjure vos perfides délices,
Je m'engage à Dieu seul sans retour.

N° 34.

Jésus paraît en vainqueur ;
Sa bonté, sa douceur | Est égale à sa grandeur ;
Aujourd'hui donnons-lui notre cœur.
Malgré nos forfaits, | Ses divins bienfaits,
Ses charmants attraits,
Ne nous parlent que de paix.
Pleurons nos forfaits, | Chantons ses bienfaits,
Rendons-nous à ses charmants attraits.

Chrétiens, joignons nos concerts :
Jésus brise nos fers | Et triomphe des enfers.
Que son nom réjouisse les airs !
Juste ciel ! Quel choix ! | Quoi ! le Roi des rois
A dû, par la croix,
Au ciel acquérir ses droits !
Embrassons la croix, | Que ce libre choix
Au ciel assure à jamais nos droits !

Je vois la mort sans effroi :
Mon Seigneur et mon Roi | En a triomphé pour moi ;
Son triomphe est l'appui de ma foi.
Ah ! si son amour | N'a, jusqu'à ce jour,
Trouvé nul retour
Dans ce terrestre séjour,
Du moins en ce jour | Cet excès d'amour
Sera payé d'un juste retour.

N° 35.

Je vous salue, auguste et sainte Reine,
Dont la beauté ravit les immortels !
Mère de grâce, aimable Souveraine,
Je me prosterne au pied de vos autels.

Je vous salue, ô divine Marie !
Vous méritez l'hommage de nos cœurs ;
Après Jésus, vous êtes et la vie,
Et le refuge, et l'espoir des pécheurs.

Fils malheureux d'une coupable mère,
Bannis du ciel, les yeux baignés de pleurs,
Nous vous faisons, de ce lieu de misère,
Par nos soupirs entendre nos douleurs.

Ecoutez-nous, puissante protectrice ;
Tournez sur nous vos yeux compatissants ;
Et montrez-nous, qu'à nos malheurs propice,
Du haut des cieux vous aimez vos enfants.

O douce, ô tendre, ô pieuse Marie,
O vous de qui Jésus reçut le jour,
Faites qu'après l'exil de cette vie,
Nous le voyions dans l'éternel séjour !

N° 36.

Jour heureux, jour de vrai plaisir
Pour une âme innocente et pure,
Jour heureux, jour de vrai plaisir,
Faut-il, faut-il te voir sitôt finir !
Biens, honneurs, beauté frivole,
Adieu donc et pour jamais ;
Vers Dieu mon âme s'envole ;
Il me comble de bienfaits.

Toujours, céleste patrie,
Mon cœur soupire pour toi ;
Tu contiens ce que j'envie,
Mon Dieu, mon Père et mon Roi.

Sous tes auspices, Marie,
Nous terminons ce beau jour ;
Dans la céleste patrie
Réunis-nous pour toujours.

Nº 37.

Jour heureux ! sainte allégresse !
Jésus règne dans mon cœur !
Pourquoi donc, sombre tristesse,
Viens-tu troubler mon bonheur ?—
Hélas ! de mon inconstance
J'ai l'affligeant souvenir,
Et pour ma persévérance
Je redoute l'avenir.
Doux Sauveur de l'enfance, | Cache-nous dans ton cœur ;
Conserve-nous la ferveur,
Et le bonheur et l'innocence ;
Conserve-nous la ferveur,
Et l'innocence et le bonheur.

Ah ! je connais ma faiblesse,
Mes penchants impérieux,
Et la dangereuse ivresse
Que le monde offre à mes yeux.
Dans sa fureur meurtrière
Je vois l'Enfer accourir :
Ah ! si tout me fait la guerre,
Ne faudra-t-il pas périr ?...

Avec ta grâce, j'espère,
Et je m'élance aux combats ;
Vigilance, humble prière,
Vous assurerez mes pas.

Vierge sainte, ô tendre Mère !
Je me jette dans vos bras ;
Là, viens me faire la guerre :
Enfer, je ne te crains pas.

Nº 38.

Jurons à la Mère d'amour,
Jurons tous, en ce jour,
De l'aimer, l'aimer sans retour.

Puisse à jamais notre tendresse
De son cœur nous gagner l'amour !
Dans la vive ardeur qui nous presse,
Répétons la promesse
De l'aimer, l'aimer sans retour,

Nous consacrons, ô Marie, à vous plaire,
Nos derniers jours comme nos jeunes ans ;
Toujours, toujours vous serez notre mère,
Toujours nous serons vos enfants.

Nº 39.

La plus belle jeunesse
Passe comme une fleur ;
Hâtez-vous, le temps presse :
Donnez-vous au Seigneur.
Tout se change en délices,
Quand on veut le servir ;
Les plus grands sacrifices
Nous sont un doux plaisir.

N'attendez pas cet âge
Où les hommes n'ont plus
Ni force ni courage
Pour les grandes vertus.
C'est faire un sacrifice
Qui vous a peu coûté,
Que de quitter le vice
Lorsqu'il n'est plus goûté.

Que de regrets, de larmes
Il nous coûte au trépas,
Ce monde dont les charmes
Nous trompent ici-bàs !
D'agréables promesses
Il nous flatte d'abord ;
Mais ses fausses caresses
Ne donnent que la mort.

Quand plusieurs fois au crime
L'on ose consentir,
Hélas ! c'est un abîme
D'où l'on ne peut sortir.

Il n'est rien de plus rude
Que de se détacher
De la longue habitude
Que l'on a de pécher.

Pourquoi tant nous promettre
De vivre longuement ?
Chaque moment peut être
Notre dernier moment.
D'ailleurs, Dieu nous menace
D'une fatale nuit,
Où, quoi que l'homme fasse,
Il travaille sans fruit.

N° 40.

Le Ciel en est le prix !
Que ces mots sont sublimes !
Des plus belles maximes
C'est là tout le précis :
Le Ciel en est le prix.

Le Ciel en est le prix !
Mon âme, prends courage :
Car si dans l'esclavage
Ici-bàs tu gémis,
Le Ciel en est le prix !

Le Ciel en est le prix !
Amusement frivole,
De grand cœur je t'immole
Aux pieds du crucifix :
Le Ciel en est le prix !

Le Ciel en est le prix !
La loi demande-t-elle
Fût-ce une bagatelle,

N'importe, j'y souscris :
Le Ciel en est le prix !

Le Ciel en est le prix !
« Rends-lui donc ce service..
« Fais-moi ce sacrifice...»
Dieu parle : j'obéis ;
Le Ciel en est le prix !

Le Ciel en est le prix !
« Endurons cette injure ; »
L'amour propre en murmure:
Mais tout bàs je lui dis :
Le Ciel en est le prix !

Le Ciel en est le prix !
Dans l'éternel empire
Qu'il sera doux de dire :
Tous mes maux sont finis ;
Le Ciel en est le prix !

N° 41.

Le Fils du Roi de gloire
Est descendu des cieux ;
Que nos chants de victoire
Résonnent dans ces lieux !
Il dompte les enfers,
Il calme nos alarmes,
Il tire l'univers
Des fers, | Et pour jamais
   Lui rend la paix :
Ne versons plus de larmes.

L'amour seul l'a fait naître
Pour le salut de tous ;
Il fait par là connaître
Ce qu'il attend de nous.
Un cœur brûlant d'amour
Est le plus bel hommage ;
Faisons-lui tour à tour
La cour ; | Dès aujourd'hui
   N'aimons que lui ;
Qu'il soit notre partage !

Régnez seul en mon âme,
O mon divin Epoux ;
N'y souffrez point de flamme
Qui ne brûle pour vous.
Que voit-on dans ces lieux
Que misère et bassesse ?
Ne portons plus nos yeux
Qu'aux cieux ; | Qu'à votre loi,
   Céleste Roi,
J'obéisse sans cesse !

N° 42.

Le monde en vain, par ses biens et ses charmes,
Veut m'engager à plier sous sa loi ;
Mais, pour me vaincre, il lui faut d'autres armes ;
Je ne crains rien : Jésus est avec moi.

Venez, venez, fiers enfants de la terre,
Déchaînez-vous pour ébranler ma foi :
Quand de concert vous me feriez la guerre, Je ne....

Cruel Satan, arme-toi de ta rage ;
Que les démons se liguent avec toi :
Tu ne pourras abattre mon courage, Je ne....

Non, non ; jamais la mort la plus cruelle
Ne me fera trahir mon divin Roi :
Jusqu'au trépas je lui serai fidèle, Je ne....

Que les enfers, les airs, la terre et l'onde
Conspirent tous à me remplir d'effroi ;
Quand je verrais crouler sur moi le monde, Je ne....

N° 43.

L'encens divin embaume cet asile ;
Quel doux concert ! Quels chants mélodieux !
Mon cœur se tait et mon âme est tranquille :
La paix du ciel habite dans ces lieux.
   O pain de vie ! | L'âme ravie
   O mon Sauveur ! | Trouve en vous son bonheur.

Je vous adore au-dedans de moi-même,
Je vous contemple à l'ombre de la foi ;
Mon Dieu, mon tout !.... félicité suprême :
Je ne vis plus, mais Jésus vit en moi.

O saints transports ! vive et pieuse allégresse !
Chastes ardeurs, divins embrassements !
O plaisirs purs, délicieuse ivresse !
Mon cœur se perd en doux ravissements !

Tant qu'à la nuit une aurore nouvelle
Succèdera pour ramener le jour,
Je l'ai juré : je vous serai fidèle ;
Je vous promets un éternel amour.

N° 44.

Les Anges dans nos campagnes
Ont entonné l'hymne des cieux,
Et l'écho de nos montagnes
Redit ce chant mélodieux :
Gloria in excelsis Deo.

Ils annoncent la naissance
Du Libérateur d'Israël,
Et dans leur reconnaissance
Chantent en ce jour solennel : *Gloria....*

Cherchons donc l'heureux village
Qui l'a vu naître sous ses toits ;
Offrons-lui le tendre hommage
Et de nos cœurs et de nos voix : *Gloria...*

Dans l'humilité profonde
Où vous vous montrez à nos yeux,
Pour vous louer, ô Roi du monde,
Nous redisons ce chant joyeux : *Gloria....*

N° 45.

Le soleil va terminer sa carrière :
Comme un instant ce jour s'est écoulé ;
Jour après jour, ainsi la vie entière
S'écoule et passe avec rapidité.

A chaque instant l'éternité s'avance :
Travaillons-nous à nous y préparer?
De nos péchés faisons-nous pénitence
De la vertu suivons-nous le sentier ?

Si, cette nuit, le souverain Arbitre
Nous appelait devant son tribunal,
A sa clémence aurions-nous quelque titre ?
Que lui répondre en cet instant fatal ?

Du moins, touchés d'un repentir sincère,
Pleurons, chrétiens, les fautes de ce jour ;
D'un Dieu vengeur désarmons la colère :
Un cœur contrit regagne son amour.

N° 46.

Les Vivants.   Malheureuses créatures
Que le Dieu de l'univers
Par d'éternelles tortures
Punit au fond des enfers,
Dites-nous, dites-nous,
Quels tourments endurez-vous ?

Les Réprouvés. Hé quoi ! faut-il vous instruire
De l'excès de nos douleurs ?
Faut-il nous-mêmes vous dire
Quel est le sort des pécheurs !
Hélas ! hélas !
Mortels, ne nous suivez pas !

V.   Le cœur impur, l'âme immonde
Du libertin déhonté,
Dans la fournaise profonde
Trouvent-ils la volupté ? Dites-nous...

R.   Ah ! pour des plaisirs infâmes
Qui n'ont duré qu'un instant,
Il faut au milieu des flammes
Brûler éternellement. Hélas !....

V.   Vous qui par la médisance,
Dans vos entretiens cruels,
A la plus pure innocence
Portiez des coups mortels, Dites-nous..

R.   Sur nos langues meurtrières
Fixés éternellement,
Des aspics et des vipères
Nous rongent cruellement. Hélas !....

V.   Cœurs irréconciliables,
Inflexibles ennemis,
Pour vos haines implacables
Comment êtes-vous punis? Dites-nous..

R.   Dans une rigueur extrême,
Hélas! Dieu nous a jugés,
Sur nous se vengeant de même
Que nous nous sommes vengés. Hélas !

V.   Lâches qui, par complaisance
Pour des amis débauchés,
Chargiez votre conscience,
De tant d'énormes péchés, Dites-nous.

R.   Ah ! misérables victimes
De ces cruels séducteurs,
Avec eux dans ces abîmes
Nous souffrons mille douleurs. Hélas!

V.   Enfants sans obéissance,
Sans respect et sans amour,
Qui traitiez sans déférence
Ceux dont vous teniez le jour, Dites-nous.

R.   Des sanglots, des cris de rage,

Des transports, des hurlements,
Tel est notre affreux partage
Dans ces brasiers dévorants. Hélas !...

V. Pour votre aveugle tendresse,
O trop coupables parents,
Pour votre indigne faiblesse,
Si funeste à vos enfants, Dites-nous...
R. Partageant notre misère,
Nos enfants infortunés
Crient à leur père, à leur mère :
«Maudits, qui nous ont damnés! » Hélas!

V. Vous qui par crainte ou par honte,
Cachiez à vos confesseurs
Des péchés dont tenait compte
Celui qui sonde les cœurs, Dites-nous..
R. Infortunés que nous sommes,
Nous sentons trop en ce lieu
Qu'en vain l'on se cache aux hommes,
Quand on est connu de Dieu. Hélas !..

V. Mais de tant d'affreux supplices,
De tant de tourments divers,
Dont Dieu, pour différents vices,
Vous punit dans les enfers,
    Dites-nous, dites-nous,
Quel est le plus grand de tous?
R. Le tourment le plus terrible
N'est pas le tourment du feu ;
Il en est un plus horrible :
C'est de ne voir jamais Dieu.
    Hélas ! hélas !
Mortels ne l'éprouvez pas.

N° 47.

Mère de Dieu, quelle magnificence
Orne aujourd'hui ton auguste séjour !
C'est en ces lieux que mon heureuse enfance
Vint à tes pieds te vouer son amour.
 Tendre Marie! | Toujours chérie,
 O mon bonheur! | Tu vivras dans mon cœur.

O mon Refuge, ô Marie, ô ma Mère,
Combien sur moi tu versas de bienfaits !
Combien de fois dans ce pieux sanctuaire,
Mon triste cœur a retrouvé la paix !

Mon œil à peine avait vu la lumière,
Que ton amour veillait sur mon berceau ;
Tous mes instants, ô mon aimable Mère,
Furent marqués par un bienfait nouveau.

Dans les combats que livre à l'innocence
Le monstre affreux qui perdit l'univers,
Ta main puissante assura ma constance,
Et confondit la rage des enfers.

Quand je cédais aux amorces du vice,
Fatal moment ! accablant souvenir !
Tu suspendis l'arrêt de la justice,
Et tu m'obtins les pleurs du repentir.

J'étais déjà sur le bord de l'abîme,
De ton cher Fils provoquant le courroux,
Je méritais d'en être la victime :
Mais de son bras tu détournas les coups.

Anges, soyez témoins de ma promesse ;
Cieux, écoutez ce serment solennel :
« Oui, c'en est fait, mon cœur plein de tendresse
« Jure à Marie un amour éternel.

« Si je devais, infidèle et volage,
« Un seul instant cesser de te chérir....
« Ah ! bien plutôt, à la fleur de mon âge,
« Aujourd'hui même, ah ! laisse-moi mourir ! »

Nº 48.

Mon bon ange, je vous salue,
Vous qui me gardez en tout lieu ;
Ne souffrez pas qu'à votre vue
J'ose jamais offenser Dieu.

Je vous salue et vous révère
Comme un prince du Paradis,
En qui je trouve un tendre Père,
Le plus fidèle des amis.

Plein d'amour, vous veillez sans cesse
Et sur mon âme et sur mon corps,
Et, lorsque l'ennemi me presse,
Vous aidez mes faibles efforts.

Assistez-moi de vos prières,
Eclairez-moi, guidez mes pas ;
Soulagez-moi dans mes misères,
Soutenez-moi dans mes combats.

N° 49.

Mon cœur, en ce jour solennel,
Il faut enfin choisir un maître ;
Balancer serait criminel,
Quand Dieu seul est digne de l'être.
C'en est donc fait, ô Dieu Sauveur,
A vous seul je donne mon cœur.

A qui doit-il appartenir,
Ce cœur qui vous doit l'existence,
Que vous avez daigné nourrir
De votre immortelle substance ?

A chercher la félicité,
Hélas ! en vain je me consume ;
Loin de vous tout est vanité,
Déplaisir, tristesse, amertume.

Vous seul pouvez me rendre heureux;
Oui, je le sens : votre présence
Peut pleinement combler mes vœux
Et fixer ma longue inconstance.

Que puis-je désirer de plus !
Je possède mon Dieu lui-même.
Les autres biens sont superflus
Quand on jouit du bien suprême.

Oui, mon cœur vous est consacré :
Je veux que toujours il vous aime ;
J'en atteste ce don sacré
Que m'a fait votre amour extrême.

Nᵒ 50.

Mon doux Jésus, enfin voici le temps
De pardonner à nos cœurs pénitents ;
Jamais nous n'offenserons plus
Votre bonté suprême, doux Jésus.

Puisqu'un pécheur vous a coûté si cher,
Faites-lui grâce : il ne veut plus pécher.
Ah ! ne perdez pas cette fois
La conquête admirable de la croix.

Enfin, mon Dieu, nous sommes à genoux,
Pour vous prier de nous pardonner tous ;
Nous vous avons percé le cœur :
Mais noyez notre crime dans nos pleurs.

Nᵒ 51.

Nous qu'en ces lieux combla de ses bienfaits
  Une mère auguste et chérie,
Enfants de Dieu, que nos chants à jamais
  Exaltent le nom de Marie.

Je vois monter tous les vœux des mortels
  Vers le trône de sa clémence ;
Tous à sa gloire élèvent des autels
  Des mains de la reconnaissance. Nous qu'en....

Ici, sa voix puissante sur nos cœurs
  A la vertu nous encourage :
Sur le saint joug elle répand des fleurs ;
  Notre innocence est son ouvrage. Nous qu'en......

Quand le chagrin de ses traits acérés
    Perce nos cœurs et les déchire,
Sensible mère, elle est à nos côtés,
    Avec nos cœurs son cœur soupire. Nous qu'en...

Oh! que de fois sa bienveillante main
    De l'ennemi rompit la trame !
Nous l'invoquions et nous sentions soudain
    La paix renaître dans notre âme. Nous qu'en......

Oui, sa bonté se plaît à secourir
    Le cœur confiant qui la prie.
Siècles, parlez!... Vit-on jamais périr
    Un vrai serviteur de Marie ? Nous qu'en....

N° 52.

O Dieu dont je tiens l'être,
Toi qui règles mon sort,
Seul arbitre, seul maître
De mes jours, de ma mort,
Je t'offre les prémices
Du jour qui luit sur moi
Et veux, sous tes auspices,
Ne le donner qu'à toi.

Que ta bonté propice,
Qui voit tous mes besoins,
A chaque instant bénisse
Mes travaux et mes soins.
Surtout, Dieu de clémence,
Qu'avec ton saint secours,
De ce jour, nulle offense
Ne ternisse le cours.

Aimable Providence,
Dont les divines mains
Versent en abondance
Ses dons sur les humains!
Pourrais-je méconnaître
L'auteur de ces présents,
Et ne pas me remettre
Entre ses bras puissants?

S'il donne la parure
Au lis éblouissant,
S'il fournit la pâture
Au passereau naissant,
Dans toute la nature,
N'aurait-il de l'oubli
Que pour la créature
La plus digne de lui !

Oui, sa sollicitude
Veille à tous nos besoins ;
Exempts d'inquiétude,
Jetons sur lui nos soins.

Notre Dieu, c'est un père
Qui nous porte en son cœur,
Et la plus tendre mère
N'eut jamais sa douceur.

N° 53.

O divine enfance
De mon doux Sauveur,
Aimable innocence,
Tu ravis mon cœur.
Que dans sa faiblesse
Il paraît puissant !
Ah ! plus il s'abaisse,
Et plus il est grand.

Eloquent silence,
Comme tu m'instruis !
Sainte obéissance,
Je t'aime et te suis.
Je deviens docile
Près de mon Jésus,
Et son Evangile
Ne m'étonne plus.

Leçon admirable
Qui confond mes sens :
« Si tu n'es semblable
« Aux petits enfants,

« Ton orgueil funeste
« T'éloigne de moi ;
« Le bonheur céleste
« N'est point fait pour toi.

« Près de moi qu'ils viennent
« Les enfants heureux :
« Les cieux appartiennent
« A ceux qui comme eux,
« Sans fard, sans malice,
« Sans fiel, sans aigreur,
« Exempts de tout vice,
« Plaisent au Seigneur. »

Charmes de l'enfance,
Ingénuité ,
Candeur, innocence
Et simplicité,
O vertus si chères
A mon doux Sauveur,
Vertus salutaires,
Régnez dans mon cœur.

N° 54.

O ma Reine, ô Vierge Marie,
Je vous donne mon cœur ;
Vous lui rendrez, mère chérie,
La paix et le bonheur.

Je viens en ce jour, ô ma mère,
     Me jeter dans vos bras ;
Je viens vous offrir ma prière,
     Ne la rejetez pas.

Je vous offre aussi ma pauvre âme ;
     Gardez-la bien toujours ;
Voyez, sa faiblesse réclame
     Votre puissant secours.

Je vous offre mes espérances,
     Mes souhaits, mes désirs,
Mes misères et mes souffrances,
     Mes peines, mes plaisirs.

Je vous offre toute ma vie,
     Et n'ai d'autre désir
Que de vous aimer, ô Marie,
     Jusqu'au dernier soupir.

Je vous offre ma dernière heure
     Et mes derniers combats ;
Marie, obtenez que je meure
     En paix, entre vos bras.

Nº 55.

O Marie, ô Reine des cieux,
Sur vos enfants jetez les yeux,
Agréez nos chants et nos vœux ;
Nous invoquons votre puissance,
Soyez notre douce espérance.

Obtenez de notre Sauveur
Qu'il s'empare de notre cœur,
Que toujours il en soit vainqueur ;
Que la sagesse et l'innocence
Régnent en nous par sa présence.

Faites que marchant sur vos pas,
Vierge sainte, à notre trépas,
Nous soyons reçus dans vos bras ;
Rendez-nous Jésus favorable,
A ce passage redoutable.

Nº 56.

O Roi des cieux ,
Vous nous rendez tous heureux ;
Vous comblez tous nos vœux
En résidant pour nous dans ces lieux.
Prodige d'amour ! | Dans ce séjour
Vous vous immolez pour nous chaque jour !
Et l'homme mortel
Y trouve un pain, aliment éternel !

Seigneur, vos enfants | Reconnaissants
Vous offrent leurs plus tendres sentiments ;
Leurs cœurs sans retour
Veulent brûler du feu de votre amour.

Chantons tous en chœur : | Louange, honneur
A Jésus, notre aimable Rédempteur !
Chantons à jamais
De son amour les éternels bienfaits.

N° 57.

O toi, qu'un voile épais nous cache,
Indivisible Trinité !
Lumière éternelle et sans tache,
Nous adorons ta Majesté.

Le Père, seul, en sa sagesse,
Engendre un Fils qui le chérit ;
De leur mutuelle tendresse
L'Esprit-Saint est l'auguste fruit.

Le Père, auteur de notre vie,
Nous la conserve à chaque instant ;
Le Saint-Esprit nous sanctifie
Par les dons qu'en nous il répand.

Egal en tout à Dieu le Père,
Dieu le Fils, le Verbe éternel,
Pour soulager notre misère
A daigné se faire mortel.

Enfants soumis, rendons hommage
A la divine Trinité ;
Son saint nom est pour nous le gage
De l'heureuse immortalité.

N° 58.

O vous dont les tendres ans
Croissent encore innocents,
Pour sauver à votre enfance
Ce trésor de l'innocence,
Contemplez l'Enfant-Jésus,
Reproduisez ses vertus.

Une étable est le séjour
Où Jésus reçoit le jour ;
Sous ses langes, de sa crêche,
Sa divine voix nous prêche
Que l'indigence, à ses yeux,
Est un riche don des cieux.

Pourquoi ce froid, ces douleurs,
Ces yeux qui s'ouvrent aux pleurs,
Ce sang qu'il daigne répandre?
N'est-ce pas pour nous apprendre
Qu'il faut haïr le plaisir,
Et pour Dieu vivre et souffrir?

Tout m'instruit dans l'Enfant-Dieu :
Son respect dans le saint lieu,
Son air modeste, humble, affable,
Sa douceur inaltérable,
Son zèle, sa charité,
Sa soumission, sa bonté.

Jésus croît et plus ses ans
Hâtent leurs accroissements,
Plus une aimable sagesse,
Augmentant en lui sans cesse,
Dévoile aux yeux des humains
L'éclat de ses traits divins.

Combien en est-il, hélas !
Qui, loin de suivre ses pas,
Vont, tombant de vice en vice,
Aboutir au précipice !
Heureux, seul heureux qui prend
Pour guide Jésus enfant !

N° 59.

Par les chants les plus magnifiques,
Sion, célèbre ton Sauveur ;
Exalte dans tes saints cantiques,
Ton Dieu, ton chef et ton pasteur.
Redouble aujourd'hui, pour lui plaire,
De l'amour les soins empressés ;
Jamais tu n'en pourras trop faire,
Jamais tu n'en feras assez.

Ouvre ton cœur à l'allégresse,
A tout le feu de tes transports :
De ton Dieu l'immense largesse
T'ouvre elle-même ses trésors.
Près de consommer son ouvrage,
Il consacre son dernier jour
A te laisser ce tendre gage
Qui met le comble à son amour.

Jésus de son amour extrême
Veut éterniser le bienfait :
Ce que d'abord il fit lui-même,
Le prêtre, à son ordre, le fait.
Il change, ô prodige admirable,
Qui n'est aperçu que des cieux !
Le pain en un corps adorable,
Le vin en un sang précieux.

L'œil se méprend, l'esprit chancelle :
Ils cherchent d'un Dieu la splendeur ;
Mais, toujours ferme, un vrai fidèle
Sans hésiter voit son Seigneur.

Son sang pour nous est un breuvage,
Sa chair devient notre aliment ;
Les espèces sont le nuage
Qui nous le cache au sacrement.

On voit le juste et le coupable
S'approcher du banquet divin,
Se ranger à la même table,
Prendre part au même festin ;
Ils reçoivent la même hostie,
Mais que différent est leur sort !
Le juste tremble et boit la vie,
L'impie affronte et boit la mort.

Pour secourir notre misère
Jésus se livre entièrement :
Dans la crèche il est notre frère,
Et sur l'autel notre aliment ;
Quand il mourut sur le Calvaire,
Il fut la rançon du pécheur ;
Triomphant dans son sanctuaire,
Il fait du juste le bonheur.

Je te salue, ô pain de l'ange !
Aujourd'hui pain du voyageur ;
Toi que j'adore et que je mange,
Ah ! viens dissiper ma langueur.
Loin de toi, l'impur, le profane !
Pain réservé pour les enfants,
Mets des élus, céleste manne,
Seul objet digne de nos chants.

Nº 60.

Parons le sanctuaire,
Purifions nos cœurs :
Offrons à notre Mère
Des vertus et des fleurs.

C'est le mois de Marie,
C'est le mois le plus beau ;
Chantons, troupe chérie,
Un cantique nouveau.

De la saison nouvelle
Qui dira les attraits !
Marie est bien plus belle,
Plus doux sont ses bienfaits.

L'étoile éblouissante
Qui jette au loin ses feux,
Est moins resplendissante
Qu'un regard de ses yeux.

Qu'une brillante aurore
Illumine les cieux....
Marie efface encore
Son éclat radieux.

Au vallon solitaire
Le lis, par sa blancheur,
De cette Vierge-Mère
Retrace la candeur.

On vante, ô violette,
Ta modeste beauté....
C'est l'image imparfaite
De son humilité.

La rose épanouie
Aux premiers feux du jour,
Nous dépeint de Marie
L'ardent et pur amour.

Mais, pour te rendre hommage,
Pourquoi dans chaque fleur
Aller chercher l'image
Des vertus de ton cœur ?

O Vierge, viens toi-même,
Viens semer dans nos cœurs,
Les vertus dont l'emblème
Se découvre en ces fleurs.

Nº 61.

Peuple infidèle,
Quoi ! vous me trahissez !
Je vous appelle,
Et vous me délaissez.

Si je suis votre père,
Cessez de me déplaire ;
Enfants ingrats,
Revenez dans mes bras.

En vain mes charmes
S'offrent à mes enfants ;
En vain mes larmes
S'écoulent par torrents :
Dédaignant ma tendresse,
Ils m'outragent sans cesse ;
Avec transport
Ils courent à la mort.

Que puis-je faire
Pour attendrir vos cœurs !
J'ai du Calvaire
Epuisé les douleurs ;
J'ai fermé les abîmes
Qu'avaient ouverts vos crimes,
Et vous, ingrats,
Vous fuyez de mes bras !

Quel sacrifice
Exigez-vous encor ?
Que je subisse
Une nouvelle mort ?
J'y vole, je l'appelle :
Viens, frappe, mort cruelle!
Mais dans mes bras
Ramène ces ingrats.

Leurs mains impures
Renouvellent mes maux ;
De mes blessures
Le sang coule à grands flots ;
La douleur m'environne,
Mon Père m'abandonne ;
Je meurs !.... Ingrats,
Revenez dans mes bras.

N° 62.

Pourquoi ces vains complots, ô princes de la terre?
Pourquoi tant d'armements divers ?
Vous osez vous liguer pour déclarer la guerre
Au Souverain de l'univers !
Tremblez, ennemis de sa gloire,
Tremblez, audacieux mortels :
Il tient en ses mains la victoire ;
Tombez au pied de ses autels.

La Religion nous appelle :
Sachons vaincre, sachons périr ;
Un chrétien doit vivre pour elle,
Pour elle un chrétien doit mourir.

Depuis quatre mille ans plongé dans les ténèbres,
    Assis à l'ombre de la mort,
L'univers, gémissant sous ses voiles funèbres,
    Soupirait pour un meilleur sort.
        Jésus paraît : à sa lumière
        La nuit disparaît sans retour,
        Comme on voit une ombre légère
        S'enfuir devant l'astre du jour.

Pour soumettre à ses lois tous les peuples du monde,
    Il ne veut que douze pécheurs,
Dont la main soutiendra le royaume qu'il fonde
    Sur les débris de mille erreurs.
        Nouveaux guerriers, prenez la foudre,
        Allez conquérir l'univers,
        Frappez, brisez, mettez en poudre
        L'idole d'un monde pervers.

Implacables tyrans, votre main meurtrière
    Fait couler le sang à grands flots ;
Ce sang devient fécond : d'une noble poussière
    Renaît un essaim de héros ;
        Et courbant eux-mêmes leurs têtes,
        Seigneur, sous le joug de tes lois,
        Après trois siècles de tempêtes
        Les princes arborent ta croix.

De l'Eglise, bientôt le schisme et l'hérésie
    Déchirent les flancs maternels ;
Va-t-il périr, grand Dieu ! sous les coups de l'impie
    L'objet de tes soins paternels !
        Non ; toujours battu par l'orage,
        Ce vaisseau vogue en sûreté ;
        Jamais il ne fera naufrage :
        Tu l'as dit, Dieu de vérité.

Eglise de Jésus, qui m'as donné la vie,
Qui m'as nourri dès le berceau,
Sainte Religion, ah ! si mon cœur t'oublie,
S'il ne t'aime jusqu'au tombeau,
Que jamais ma langue glacée
Ne prête de sons à ma voix,
Et que ma droite desséchée
Me punisse et venge tes droits.

N° 63.

Quand l'eau sainte du baptême
Coula sur nos fronts naissants,
Et qu'un Dieu, la bonté même,
Nous adopta pour enfants,
Muets encore,　　　| D'autres promirent pour nous.
Aujourd'hui confessons tous
La foi dont un chrétien s'honore.
Foi de nos pères,　　| Notre règle et notre amour,
Nous embrassons en ce jour
Et ta morale et tes mystères.

En vain à ma foi soumise
S'oppose un orgueil trompeur :
Sur les traces de l'Eglise
Puis-je marcher dans l'erreur ?
Trinité sainte,　　| Je te confesse et te crois,
Et je t'adore trois fois
Et plein d'amour et plein de crainte.

Annoncé par mille oracles
Et de la terre l'espoir,

L'Homme-Dieu par ses miracles
Fait éclater son pouvoir.
Victime pure, | Il triomphe du trépas,
Et je n'adorerais pas
En lui l'auteur de la nature !

Ciel, quelle robe éclatante,
Quel bain pur et bienfaisant !
Quelle parole puissante
D'un Dieu m'a rendu l'enfant !
« Je te baptise.... » | Le ciel s'ouvre, plus d'enfer ;
Et des anges le concert
M'introduit au sein de l'Eglise.

De quel œil de complaisance
Vous me vîtes, ô mon Dieu,
Quand revêtu d'innocence,
On m'emporta du saint lieu !
Pensée amère ! | O beau jour trop tôt passé !
Hélas ! je me suis lassé,
Mon Dieu, de vous avoir pour père.

J'ai blessé votre tendresse,
Violé vos saintes lois ;
Vous me rappeliez sans cesse,
Je repoussais votre voix.
Du moins mes larmes | Obtiendront-elles pardon ?
Seigneur, de votre maison
Pourrais-je encor goûter les charmes ?

Loin de moi, monde profane ;
Fuis, ô plaisir séduisant !
L'Evangile vous condamne,
Vous blessez en caressant.

Sous votre empire, | Mon Dieu, sont les vrais trésors;
Vos douceurs sont sans remords :
C'est pour elles que je soupire.

Nº 64.

Quand vous contemplerai-je,
O céleste séjour !
Quand, ô mon Dieu, serai-je
Avec vous pour toujours !

O régions si belles,
Objet de tous mes vœux !
Ah ! que n'ai-je des ailes
Pour m'envoler aux cieux !

Ah ! comblez mon attente,
En m'attirant à vous ;
Mon âme languissante
Ne désire que vous.

Partons donc, ô mon âme,
Quittons ces tristes lieux ;
D'une divine flamme
Allons brûler aux cieux.

Non, non ; toute la terre,
Ne peut remplir mon cœur.
Qui peut le satisfaire ?
Vous seul, vous seul, Sei-
[gneur.

Je méprise la terre,
Ses biens et ses plaisirs ;
Rien ne saurait m'y plaire;
Au ciel sont mes désirs.

Nº 65.

Que cette voûte retentisse
Des vœux et des chants des mortels,
Que tout ici s'anéantisse :
Jésus paraît sur nos autels.

Quoique caché dans ce mystère
Sous les apparences du pain,
C'est notre Dieu, c'est notre Père,
C'est le Sauveur du genre humain.

O divin époux de nos âmes !
Dans cet auguste sacrement
Embrasez nos cœurs de vos flammes
Et faites-vous notre aliment.

N° 66.

Quel doux penser me transporte et m'enflamme !
O mon Jésus ! c'est vous que j'aperçois.
Eh quoi ! Seigneur, vous venez dans mon âme ,
La posséder pour la première fois.

Ah ! bienheureux le cœur tendre et fidèle !
Mais qu'il s'en faut, Seigneur. que je le sois !
Et je pourrais, insensible et rebelle,
M'unir à vous pour la première fois !

Festin du ciel, pain sacré, chair divine,
Par mes désirs déjà je vous reçois ;
Mon doux Jésus à mon cœur se destine ;
Il vient à moi pour la première fois.

Un faible enfant, et le Dieu de puissance !....
A votre amour vous cédez, je le vois ;
Confus, ravi, transporté, je m'avance :
Venez, mon Dieu, pour la première fois.

N° 67.

Quelle est cette aurore nouvelle
Dont l'éclat éblouit les yeux !
Qu'elle est brillante, qu'elle est belle !
Est-il astre plus radieux !

Repliant tes voiles funèbres,
Trop longue nuit, rentre aux enfers,
Et de l'empire des ténèbres
Délivre enfin cet univers.

Ah ! je vois ma Libératrice
S'élever avec majesté
Toute éclatante de justice,
Des cieux effaçant la beauté.
Aux sources mêmes de la vie,
Par un prodige sans égal,
Son âme ne fut point flétrie
Par le souffle empesté du mal.

Comment d'un Juge inexorable
A-t-elle apaisé la fureur ?
Comment d'une mère coupable
A-t-elle évité le malheur ?
Voit-on d'une tige sans vie
Sortir un rameau vigoureux,
Ou sur une branche flétrie
Pousser un fruit délicieux ?

Au milieu d'une race impure,
Ton cœur, Marie, est innocent,
Et tu le montres sans souillure
Aux yeux ravis d'étonnement.
Tel parmi de tristes ruines
S'élève un temple somptueux,
Ou tel au milieu des épines
S'élance un lis majestueux.

Nº 68.

Quelle nouvelle et sainte ardeur
En ce jour transporte mon âme !
Je sens que l'Esprit créateur
De son feu tout divin m'enflamme..
Vive Jésus, je crois, je suis chrétien :
    Censeurs, je vous méprise ;
    Lancez, lancez vos traits, je ne crains rien :
    Mon bras vainqueur les brise.

Il faut, dans un noble combat,
Pour vous, Seigneur, que je m'engage ;
Vous m'avez fait votre soldat :
Vous m'en donnerez le courage.

Du salut le signe sacré
Arme mon front pour ma défense ;
Devant lui l'Enfer conjuré
Perdra sa funeste puissance.

Seigneur, à vos aimables lois
Le grand nombre serait rebelle,
Que mon cœur constant dans son choix,
Ne vous serait pas moins fidèle.

Le mépris d'un monde insensé
Pourrait-il m'alarmer encore ? —
Loin de m'en trouver offensé,
Je sens bien plutôt qu'il m'honore.

Enfant des généreux Martyrs,
Puissé-je égaler leur constance,
Et trouver mes plus doux plaisirs
Au sein même de la souffrance !

A la mort fallût-il m'offrir
Ou perdre, hélas ! mon innocence,
Grand Dieu, je consens à mourir ;
Ne souffrez pas que je balance.

N° 69.

Quoi ! dans les temples de la terre
Le Dieu du ciel daigne habiter !
Le puissant Maître du tonnerre
Sur nos autels veut résider !
Quel respect sa sainte présence
Doit inspirer à nos esprits !
Et de quel amour sa clémence
Doit remplir nos cœurs attendris !

Dans cet auguste tabernacle,
Mon œil voit mieux qu'en aucun lieu
Eclater l'étonnant miracle
De la tendresse de mon Dieu.
Pour garder mon âme fragile
Des traits d'un monde séducteur,
C'est là que je trouve un asile,
Aux pieds de Jésus mon Sauveur.

Vers ce refuge salutaire,
Porté sur l'aile de l'amour,
Comme la colombe légère
Je prendrai mon vol chaque jour.

Caché dans cette solitude,
Je ferai la cour à mon Roi ;
Nul autre soin, nulle autre étude,
N'auront autant d'attraits pour moi.

N° 70.

Rassemblons-nous dans ce saint lieu,
De nos cœurs offrons tous l'hommage ;
A la mère du Fils de Dieu
Nous voulons être sans partage.
Chantons, chantons sa bonté, son amour,
Elle aime la jeunesse ;
Jurons, jurons de l'aimer en retour,
    Et de l'aimer sans cesse.

Nous venons tous à ses genoux
Lui jurer l'amour le plus tendre ;
L'aimer, est-il rien de si doux ?....
Quel cœur pourrait bien s'en défendre ?

Puissent nos tendres sentiments
Vous plaire, aimable Protectrice !
Chérissez toujours des enfants
S'engageant à votre service.

Montrez-vous sensible à nos vœux :
Nous vous serons toujours fidèles ;
Obtenez-nous, Reine des cieux,
De goûter les joies éternelles.

N° 71.

Reine du Ciel, Vierge Marie,
O vous, ma Patronne chérie !
De tout mortel qui souffre et prie,
Souvenez-vous, souvenez-vous !
Souvenez-vous de nos misères,
De nos larmes, de nos prières,
Des enfants qui n'ont plus de mères,
Souvenez-vous, souvenez-vous !

Du pauvre opprimé sans défense,
Du malade sans espérance
Et du mourant sans assistance,
Souvenez-vous, souvenez-vous !
Reine des saints, Reine des anges,
Afin qu'un jour, dans leurs phalanges,
Comme eux nous chantions vos louanges,
Priez pour nous, priez pour nous !

N° 72.

Réunissons nos voix,
Pour chanter tous à la fois,
Réunissons nos voix,
Pour chanter le plus beau mois.

Ce mois, de notre vie
La plus belle saison,
S'appelle avec raison
Le beau mois de Marie.

Des oiseaux l'harmonie
Qui réjouit les bois,
Semble inviter nos voix
A célébrer Marie.

Dans ce mois, la nature
Se pare de ses fleurs ;
La vertu, de nos cœurs
Doit faire la parure.

Au fond de ce bocage,
Charmant petit oiseau,
Tu chantes sur l'ormeau,
Qu'on l'honore à tout âge.

Plaintive tourterelle,
Tu redis en tous lieux,
Qu'à la Reine des cieux
On soit toujours fidèle.

Entourons son image
Des fleurs de nos hameaux ;
Des verdoyants rameaux
Offrons-lui le feuillage.

Pour honorer Marie,
C'est trop peu de nos fleurs ;
Unissons-y nos cœurs :
C'est le don qu'elle envie.

Aimable Protectrice !
En ce mois, en tout temps,
Aux vœux de vos enfants
Soyez toujours propice.

N° 73.

Dieu. Reviens, pécheur, à ton Dieu qui t'appelle,
Viens au plus tôt te ranger sous sa loi :
Tu n'as été déjà que trop rebelle ;
Reviens à lui, puisqu'il revient à toi.
Le pécheur. Voici, Seigneur, cette brebis errante
Que vous daignez chercher depuis longtemps ;
Touché, confus d'une si longue attente,
Sans plus tarder, je reviens, je me rends.

Dieu. Pour t'attirer, ma voix se fait entendre,
Sans me lasser, partout je te poursuis ;
D'un Dieu, pour toi, du père le plus tendre,
J'ai les bontés, ingrat, et tu me fuis !
Le p. Errant, perdu, je cherchais un asile ;
Je m'efforçais de vivre sans effroi ;
Hélas ! Seigneur, pouvais-je être tranquille,
Si loin de vous, et vous si loin de moi.

Dieu. Attraits, frayeurs, remords, secret langage,
Qu'ai-je oublié dans mon amour constant ?

Ai-je, pour toi, dû faire davantage?
Ai-je, pour toi, dû même faire autant?
Le p. Je me repens de ma faute passée :
Contre le Ciel, contre vous j'ai péché;
Mais oubliez ma conduite insensée,
Et ne voyez en moi qu'un cœur touché.

Dieu. Si je suis bon, faut-il que tu m'offenses?
Ton méchant cœur s'en prévaut chaque jour ;
Plus de rigueur vaincrait tes résistances :
Tu m'aimerais, si j'avais moins d'amour.
Le p. Que je redoute un Juge, un Dieu sévère ;
J'ai prodigué des biens qui sont sans prix ;
Comment oser vous appeler mon Père?
Comment oser me dire votre Fils?

Dieu. Marche au grand jour que t'offre ma lumière;
A sa faveur tu peux faire le bien :
La nuit bientôt finira ta carrière,
Fatale nuit où l'on ne peut plus rien.
Le p. Dieu de bonté, principe de tout être,
Unique objet digne de nous charmer,
Que j'ai longtemps vécu sans vous connaître!
Que j'ai longtemps vécu sans vous aimer!

Nº 74.

Sainte cité, demeure permanente,
Sacré palais qu'habite le grand Roi,
Où doit sans fin régner l'âme innocente,
Quoi de plus doux que de penser à toi !
O ma patrie ! | Toute ma vie
O mon bonheur ! | Sois le vœu de mon cœur.

Volons, volons, mon âme,
Vers cet heureux séjour,
Où s'allume la flamme
De l'éternel amour.

O régions si belles,
Où tout comble les vœux,
Ah! que n'ai-je des ailes
Pour m'envoler aux cieux!

Dans tes parvis tout n'est plus qu'allégresse,
C'est un torrent des plus chastes plaisirs :
On n'y ressent ni peine ni tristesse ;
On n'y connaît ni plaintes ni soupirs.

Tes habitants ne craignent plus l'orage :
Ils sont au port, ils y sont pour jamais ;
Un calme entier devient leur doux partage ;
Dieu dans leur cœur verse un fleuve de paix.

Beauté divine, ô Beauté ravissante !
Tu fais l'objet du suprême bonheur ;
Oh! quand naîtra cette aurore brillante
Où nous pourrons contempler ta splendeur !

Heureux moment qui dois briser mes chaînes,
Quand viendras-tu me mettre en liberté?
Quand viendras-tu m'affranchir de mes peines?
Quand te verrai-je, éternelle Beauté?

N° 75.

Salut, Etoile de la mer,
De ton Dieu mère bienheureuse,
Vierge auguste, clé précieuse,
Par qui le ciel nous fut ouvert.

Montre-toi toujours notre mère ;
Fais que nos vœux soient accueillis
Du Dieu qui, pour sauver la terre,
A bien voulu naître ton fils.

Jadis nous reçûmes la mort
Des mains d'Ève, ainsi que la vie :
Qu'à la voix de l'Ange, ô Marie,
Pour nous renaisse un plus doux sort.

Des captifs brise les liens,
Aux aveugles rends la lumière,
Mets un terme à notre misère,
Enrichis-nous de tous les biens.

O Mère pleine de douceur,
Vierge pure, humble, incomparable,
Sur nous jette un œil favorable
Et rends-nous purs, humbles de cœur.

N° 76.

Seigneur, Dieu de clémence,
Reçois ce grand pécheur,
A qui la pénitence
Touche aujourd'hui le cœur.
Vois d'un œil secourable
L'excès de mon malheur ;
De mon cœur trop coupable
Accepte la douleur.

Je suis un infidèle
Qui méconnus tes lois,
Un perfide, un rebelle
Qui péchai mille fois.

Chargé de tant de crimes,
Combien j'ai mérité
D'entrer dans les abîmes,
Pour une éternité !

J'ai bravé ta colère
Et ton bras irrité,
Mais cependant j'espère,
Seigneur, en ta bonté.
Oui, plein de confiance
J'ose venir à toi :
Au nom de ta clémence,
Grand Dieu, pardonne-moi.

Péché, je te déteste!....
Plus de péché pour moi !
Le Ciel, que j'en atteste,
Garantira ma foi.

Ce Dieu qui me pardonne
Seul aura mon amour ;
A lui seul, je me donne
Sans délai, sans retour.

N° 77.

Silence, ciel! silence, terre !
Demeurez dans l'étonnement :
Un Dieu pour nous se fait enfant ;
L'amour l'enchaîne en ce mystère :
Il naît pauvre aujourd'hui,
Tandis que toute la terre est à lui.

Il a pour palais une étable,
Pour courtisans deux animaux,
Pour lit la paille et les roseaux ;
Et c'est cet état misérable
Qu'il choisit aujourd'hui, Tandis que....

Quel spectacle, humaine sagesse !
La grandeur dans l'abaissement !
L'Eternel, enfant d'un moment !
Un Dieu, revêtu de faiblesse,
Souffrant et sans appui, Tandis que....

Pour nous, chrétiens, pleins d'allégresse,
Volons au berceau de Jésus ;
Mettons à ses pieds les tributs
De l'amour et de la tendresse ;
Tous ensemble aujourd'hui Chantons que..

N° 78.

Souvenez-vous, ô tendre Mère,
Qu'on n'eut jamais recours à vous
Sans voir exaucer sa prière,
Et dans ce jour exaucez-nous.

Des siècles écoulés j'interroge l'histoire :
Pour dire ses bienfaits, ils n'ont tous qu'une voix ;
Verrai-je en un seul jour s'obscurcir tant de gloire ?
L'invoquerai-je en vain pour la première fois ?

Marie aux vœux de tous prête toujours l'oreille ;
Le juste est son enfant, il peut tout sur son cœur,
Mais auprès du pécheur jour et nuit elle veille,
Il est son fils aussi, l'enfant de sa douleur !

Et moi, de mes péchés traînant la longue chaîne,
Vierge sainte, à vos pieds j'implore mon pardon ;
Me voici tout tremblant, et je n'ose qu'à peine
Lever les yeux vers vous, prononcer votre nom.

Mes prières, mes pleurs, ô divine Marie,
Sont indignes de vous, je dois le confesser ;
Ne les rejetez pas, oh ! je vous en supplie ;
Mais soyez-moi propice et daignez m'exaucer.

N° 79.

Tendre Marie,
Mère chérie,
O vrai bonheur
Du cœur !

Ma tendre Mère,
En toi j'espère ;
Sois mes amours
Toujours.

Tout ce qui souffre sur la terre,
En toi trouve un puissant secours ;
Ton cœur entend notre prière,
Et ton cœur nous répond toujours.

Tu nous consoles dans nos peines,
Tu viens à nous dans l'abandon ;
Du pécheur tu brises les chaînes,
Tu sollicites son pardon.

Ta douce main sèche nos larmes,
Ton nom si doux guérit nos maux,
Et nous trouvons encor des charmes
A te prier sur des tombeaux.

Tu sais consoler ceux qui pleurent,
Et tu prends soin des malheureux ;
Tu viens assister ceux qui meurent
Et tu les conduis dans les cieux.

C'est toi qui gardes l'innocence
Dans l'âme des petits enfants ;
C'est toi qui verses l'espérance
Dans les cœurs flétris par les ans.

N° 80.

Tendre Marie,
Souveraine des cieux,
Mère chérie,
Patronne de ces lieux,
Veillez sur notre enfance,
Sauvez notre innocence,
Conservez-nous ce trésor précieux.

Mère de vie,
O doux présent des cieux,
De Dieu choisie
Pour combler tous les vœux ;
Voyez notre misère,
Montrez-vous notre mère,
Protégez-nous dans ces jours orageux.

L'Enfer s'élance :   Il veut ternir la fleur.
Dans sa noire fureur,   A peine à notre aurore,
De notre enfance   Nous le vaincrons encore,
Si votre amour nous promet sa faveur.

O Bienfaitrice   De nos derniers moments !
De nos plus jeunes ans !   O douce, ô tendre mère,
O Protectrice   Trop heureux de vous plaire,
Toujours, toujours nous serons vos enfants.

N° 81.

Tout n'est que vanité,
Mensonge, fragilité,
Dans tous ces objets divers
Qu'offre à nos regards l'univers.
Tous ces brillants dehors,   Ces biens, ces trésors,
Cette pompe,   Tout nous trompe,
Tout nous éblouit,
Mais tout nous échappe et s'enfuit.

Telles qu'on voit les fleurs,
Avec leurs vives couleurs,
Eclore, s'épanouir,
Se faner, tomber et périr :
Tel est des vains attraits   Tels l'éclat, les traits
Le partage ;   Du bel âge,
Après quelques jours,
Perdent leur beauté pour toujours.

En vain, pour être heureux,
Le jeune voluptueux
Se plonge dans les douceurs

Qu'offrent d'infâmes séducteurs ;
Plus il suit les plaisirs   Et moins ses désirs
  Qui l'enchantent,   Se contentent ;
    Le bonheur le fuit
    A mesure qu'il le poursuit.

    Que vont-ils devenir
    Pour l'homme qui va mourir,
    Ces biens longtemps amassés,
    Cet argent, cet or entassés ?
Fût-il du genre humain   Pour lui tout enfin
  Seul le maître,   Cesse d'être ;
    Au jour de son deuil
    Il n'a plus à lui qu'un cercueil.

    J'ai vu l'impie heureux
    Porter son air fastueux
    Et son front audacieux
    Au-dessus du cèdre orgueilleux ;
Au loin tout révérait   Et tout adorait
  Sa puissance,   Sa présence ;
    Je passe, et soudain
    Il n'est plus : je le cherche en vain.

    Oui, la mort, à son choix,
    Soumet tout âge à ses lois ;
    Personne ne fut jamais
    A l'abri d'un seul de ses traits !
Comme sur son retour   Dans son plus beau jour
  La vieillesse,   La jeunesse,
    L'enfance au berceau,
    Trouvent tour à tour leur tombeau.

Oh ! combien malheureux
Est l'homme présomptueux,
Qui, dans ce monde trompeur,
Croit pouvoir trouver son bonheur !
Dieu seul est immortel, | Seul grand, éternel,
Immuable, | Seul aimable ;
Avec son secours
Soyons à lui seul pour toujours.

Nº 82.

Tout par Marie ! elle est d'un Dieu la mère ;
Tout par Marie ! oui, c'est le cri du cœur ;
Tout par Marie ! à ce mot ma prière
Au ciel s'élance avec plus de ferveur,
Et ma mère chérie, | De la sainte patrie
Sourit d'amour à ce chant de bonheur.
Tout par Marie ! oui, c'est le cri du cœur.

Tout par Marie ! oui, juste, c'est ta mère :
Ce nom béni te rendra tout-puissant ;
Tout par Marie ! et toi, pécheur, espère,
Tu peux encor devenir son enfant.
Tous les jours de ma vie | Je dis : tout par Marie !
Ce doux refrain ranime mon ardeur ;
Tout par Marie ! oui, c'est le cri du cœur.

Nº 83.

Travaillons à notre salut :
Quand on le veut, il est facile ;
Chrétiens, n'ayons pas d'autre but :

Sans lui tout devient inutile.
Sans le salut, pensons-y bien,
Tout ne nous servira de rien.

Oh ! que l'on perd en le perdant !
On perd le céleste héritage ;
Au lieu d'un bonheur ravissant,
On a l'enfer pour son partage.

Que sert de gagner l'univers,
Si l'on vient à perdre son âme,
Et s'il faut au fond des enfers,
Brûler dans l'éternelle flamme !

C'est pour toute une éternité
Qu'on est heureux ou misérable ;
Que devant cette vérité,
Tout ce qui passe est méprisable !

Grand Dieu ! que tant que nous vivrons
Cette vérité nous pénètre !
Et faites que nous nous sauvions,
A quelque prix que ce puisse être !

N° 84.

Tremblez, habitants de la terre,
Tremblez : les enfers vont s'ouvrir.
Le ciel dans son courroux fait gronder son tonnerre ;
Heureux qui sut prévoir l'effroyable avenir !

Mon cœur aveuglé par le crime
Se jouait de l'éternité ;
Mais, ô fatale erreur ! dans un affreux abîme,
Au moment du trépas, je fus précipité.

Venez, trop aveugle jeunesse,
Venez par delà les tombeaux ;
Vous connaîtrez enfin le prix de la sagesse,
Lorsque vous entendrez le récit de mes maux.

Le plus grand de tous mes supplices,
C'est d'être éloigné de mon Dieu,
De ne pouvoir l'aimer, lui, source de délices,
Lui, dont la main toujours me repousse en ce lieu.

Un feu, créé dans sa colère,
Pénètre et l'esprit et le corps ;
Sa dévorante ardeur toujours me désespère,
Toujours pour l'éviter je m'épuise en efforts.

Du sein de ce lieu de ténèbres
S'élève une noire vapeur ;
Les abîmes couverts de ces voiles funèbres,
Ne sont plus qu'un séjour d'épouvante et d'horreur.

Adieu, paradis de délices !
Beau ciel ! ô cité des élus !
J'étais créé pour vous : et d'éternels supplices
Sont devenus ma part ; pour moi vous n'êtes plus.

N° 85.

Triomphez, Reine des cieux,
A vous bénir que tout s'empresse ;
Triomphez, Reine des cieux,
Dans tous les temps, dans tous les lieux.
Que l'amour nous prête, | Que l'amour nous prête
En ce jour de fête, | Ses plus doux accords,
Et que notre voix s'apprête
A seconder ses efforts.

Qu'à jamais de vos faveurs
Nos chants rappellent la mémoire;
Qu'à jamais de vos faveurs
Le souvenir charme nos cœurs.
Le ciel et la terre, | Le ciel et la terre
Ravis de vous plaire, | Chantent vos bienfaits;
     Vos enfants, ô tendre mère,
     Vous oublieraient-ils jamais !

Achevez notre bonheur,
Comblez notre reconnaissance,
Achevez notre bonheur
En nous gardant dans votre cœur.
Guidez de l'enfance, | Guidez de l'enfance
Par votre assistance, | Les pas chancelants;
     Et que l'aimable innocence
     Couronne nos derniers ans.

Nº 86.

Trop heureux enfants de Marie,
Venez (allons) entourer ses autels,
Venez, (allons), d'une mère chérie
Chanter les bienfaits immortels.

Vierge, le plus parfait ouvrage
Sorti des mains du Créateur,
Beauté pure, heureux assemblage
Et d'innocence et de grandeur....

Astre propice, aimable aurore,
Qui nous annonças le Sauveur,
Au pauvre mortel qui t'implore
Daigne offrir un bras protecteur.

Contre la timide innocence
L'enfer, le monde conjurés,
Veulent ravir à ta puissance
Des cœurs qui te sont consacrés.

Toujours menacé du naufrage,
Toujours rejeté loin du port,
Jouet des vents et de l'orage,
Loin de toi, quel serait mon sort !

Mais déjà le sombre nuage
S'éloigne : je le vois pâlir ;
Je sens renaître mon courage....
Non, non; je ne saurais périr.

Doux appui de mon espérance,
O Mère de grâce et d'amour,
Heureux qui, dès sa tendre enfance,
A toi s'est voué sans retour !

Ta main daigne essuyer ses larmes,
Tu le soutiens dans ses combats ;
Il voit le terme sans alarmes
Et s'endort en paix dans tes bras.

N° 87.

Tu vas remplir l'espoir de ma tendresse,
Divin Jésus, digne objet de mes vœux ;
O saint amour, délicieuse ivresse !
Divin Jésus, tu vas me rendre heureux.

Mon doux Sauveur, tu descends dans mon âme :
C'est aujourd'hui le plus beau de mes jours ;

Que tout en moi se ranime et s'enflamme :
Mon doux Jésus, je veux t'aimer toujours.

Il est à moi, ce Dieu si plein de charmes,
Mon bien-aimé, mon aimable Sauveur ;
Echappez-vous de mes yeux, douces larmes,
Coulez, coulez, attestez mon bonheur.

Je nage au sein des plus pures délices ;
Le ciel entier, le ciel est dans mon cœur ;
Dieu de bonté, de faibles sacrifices
Méritaient-ils cet excès de bonheur !

Autour de moi les anges en silence
D'un Dieu caché révèrent la grandeur ;
Anéantis en sa sainte présence,
O chérubins, enviez mon bonheur !

En souverain règne, commande, immole :
Règne, Seigneur, par le droit de l'amour.
Adieu, plaisir ; adieu, monde frivole :
A Jésus seul j'appartiens sans retour.

Nº 88.

Un ange annonçait à Marie
Qu'elle concevrait Jésus-Christ ;
De la grâce elle fut remplie :
Elle conçut du Saint-Esprit.
Ave, Maria, gratiâ plena....

Je suis, Seigneur, l'humble servante
Soumise à votre volonté ;
Je suis en tout obéissante :
Conservez ma virginité.

Alors le Verbe, égal au Père,
Voulant habiter parmi nous,
Prit au chaste sein de sa mère
Le corps qu'il a livré pour nous.

N° 89.

Un ange ayant dit à Marie
Que le monde aurait un Sauveur,
Et que le ciel l'avait choisie
Pour mère du Dieu rédempteur,
Toute ravie, | Elle chante ainsi son bonheur :
Magnificat.... | *Et exultavit....*

Dieu qui peut tout pouvait-il faire
En ma faveur rien de plus grand ?
Je reste vierge et je suis mère,
Un Dieu s'unit à mon néant.
Profond mystère | Dont je bénis le Tout-Puissant :
Quia respexit.... | *Quia fecit mihi....*

Il aime tous ceux qui le craignent,
Ils vivent dans son souvenir ;
Si les superbes le contraignent
A les confondre, à les punir,
Les humbles règnent : | Sa droite a daigné les bénir:
Et misericordia.... | *Fecit potentiam....*

Touché de la misère extrême
Où les humains étaient réduits,
Il veut les défendre lui-même
Des traits de leurs fiers ennemis.
Bonté suprême ! | Il leur donne aujourd'hui son Fils :
Deposuit.... | *Esurientes implevit....*

Ainsi s'accomplit la promesse
Qu'il avait faite à nos aïeux :
La paix succède à la tristesse,
Pour nous déjà s'ouvrent les cieux,
Et sa tendresse | Partout va faire des heureux :
Suscepit Israel.... | Sicut locutus est....

A jamais gardons la mémoire
De ses bienfaits, de ses faveurs ;
Toujours cédons-lui la victoire,
Faisons-le régner sur nos cœurs.
Chantons sa gloire, | Rendons-lui d'éternels honneurs :
Gloria Patri.... | Sicut erat....

N° 90.

Un fantôme brillant séduisit ma jeunesse ;
Sous le nom de plaisir il égara mes pas.
Insensé que j'étais ! je n'apercevais pas
L'abîme que des fleurs cachaient à ma faiblesse.
Mais enfin revenu de mes égarements,
Remettant mon salut à ta bonté chérie,
O mon Dieu, mon soutien, après mille tourments,
Quand je reviens à toi, je reviens à la vie.

Plaisirs où je croyais ne trouver que des charmes,
Ivresse de mes sens, trompeuse volupté,
Hélas ! en vous cherchant, que vous m'avez coûté
De craintes, de douleurs, de regrets et de larmes !
          Mais enfin revenu....

Oui, mon Dieu, c'en est fait ; touché de ta clémence,
J'abjure, dès ce jour, le monde et ses appas ;

Nouvel enfant prodigue, accueilli dans tes bras,
Je retrouve à la fois la paix et l'innocence.
Pour jamais revenu....

Sainte paix, calme heureux où mon âme repose,
Plaisirs délicieux dont s'enivre mon cœur,
Oh ! ne me quittez plus : donnez-moi ce bonheur
Qu'en vain depuis longtemps le monde me propose.
Pour jamais revenu....

N° 91.

Unis aux concerts des anges,
Aimable Reine des cieux,
Nous célébrons tes louanges
Par nos chants mélodieux.
    De Marie,
    Qu'on publie
Et la gloire et les grandeurs ;
    Qu'on l'honore,
    Qu'on l'implore,
Qu'elle règne sur les cœurs.

Auprès d'elle la nature
Est sans grâce et sans beauté;
Les cieux perdent leur parure,
L'astre du jour sa clarté.

C'est le lis de la vallée
Dont le parfum précieux
Sur la terre désolée
Attira le Roi des cieux.

C'est la tige virginale
D'où naît le Dieu des vertus;

Elle est l'aube matinale
Du jour promis aux élus.

C'est l'auguste sanctuaire
Que le Dieu de majesté
Inonda de sa lumière,
Embellit de sa beauté.

C'est la Vierge incomparable,
Gloire et salut d'Israël,
Qui pour l'univers coupable
Fléchit le courroux du ciel.

Pour tout dire, c'est Marie !
Dans ce nom que de douceur !
Nom d'une mère chérie,
Et doux espoir du pécheur.

Ah ! vous seuls pouvez le dire,
Mortels qui l'avez goûté,
Combien doux est son empire,
Combien tendre est sa bonté !

N° 92.

Venez, divin Messie, | Sauvez nos jours infortunés;
Venez, source de vie, | Venez, venez, venez.
Ah! descendez, hâtez vos pas ;
Sauvez les hommes du trépas ;
Secourez-nous, ne tardez pas.

Ah ! désarmez votre courroux :
Nous soupirons à vos genoux,
Seigneur, nous n'espérons qu'en vous.
Pour nous faire la guerre,
Tous les enfers sont déchaînés ;
Descendez sur la terre, | Venez, venez, venez.

Que nos soupirs soient entendus !
Les biens que nous avons perdus
Ne nous seront-ils pas rendus ?
Voyez couler nos larmes ;
Grand Dieu ! si vous nous pardonnez,
Nous n'aurons plus d'alarmes; | Venez, venez, venez.

Si vous venez en ces bas lieux,
Nous vous verrons victorieux,
Fermer l'enfer, ouvrir les cieux ;
Nous l'espérons sans cesse :
Les cieux nous furent destinés,
Tenez votre promesse : | Venez, venez, venez.

Ah ! puissions-nous chanter un jour,
Dans votre bienheureuse cour,
Et votre gloire et votre amour !
C'est là l'heureux partage
De ceux que vous prédestinez ;
Donnez-nous-en le gage : | Venez, venez, venez.

N° 93.

Vers l'autel de Marie
Marchons en ce beau jour;
Vierge aimable et chérie,
Donne-nous ton amour.

Ton amour, c'est le gage
Du céleste séjour ;
Qu'il soit notre partage :
Donne-nous ton amour.

Si l'ennemi perfide
Veut troubler ce beau jour,
Vierge, sois notre guide,
Donne-nous ton amour.

Aux pieds de ton image
Nous allons, en ce jour,
Déposer notre hommage ;
Donne-nous ton amour.

Près de ton sanctuaire
Nous passerons ce jour ;
Montre-toi notre Mère,
Donne-nous ton amour.

L'Enfer, dans sa furie,
Nous poursuit chaque jour;
Ah ! sauve-nous la vie,
Donne-nous ton amour.

Eh quoi ! lâche, infidèle,
J'oublierais ce beau jour !
Non, non; Vierge fidèle ;
Donne-nous ton amour.

Oui, j'aimerai ma Mère
Jusqu'à mon dernier jour,
Et la verrai, j'espère,
Au céleste séjour.

N° 94.

Vierge sainte, auguste Marie,
Amour de la terre et du ciel,
Bénis cette foule attendrie
Qui se prosterne à ton autel.
Tu sais que nous voulons te plaire,
T'aimer, te bénir tous les jours :
Vierge, montre-toi notre mère,
Toujours, toujours, toujours.

A l'aspect d'un monde perfide,
Tu vois s'alarmer notre cœur,
Comme frémit l'oiseau timide
A l'approche du noir chasseur.
Mais quoi ! pourrions-nous te déplaire
Et méconnaître tes bienfaits !
Non, non ; jamais, ô tendre mère,
    Jamais, jamais, jamais.

S'il en est dont l'indifférence
Du monde suit la folle erreur,
Et dont la coupable inconstance
D'amertume abreuve ton cœur....
Nous, du moins, nous voulons te plaire,
T'aimer, te bénir tous les jours :
Vierge, montre-toi notre mère,
    Toujours, toujours, toujours.

Nous le jurons, mère chérie,
Prête l'oreille à nos serments :
Nous t'aimerons toute la vie,
Nous serons toujours tes enfants.
Plutôt mourir que te déplaire
Et méconnaître tes bienfaits !
Non, non ; jamais, ô tendre mère,
    Jamais, jamais, jamais.

N° 95.

Vive Jésus ! c'est le cri de mon âme ;
Vive Jésus, le Maître des vertus !
Aimable nom, quand ma voix te proclame,
Mon cœur palpite, il s'échauffe, il s'enflamme :
    Vive Jésus !

Vive Jésus ! ce cri-là me console
Lorsque de moi le monde ne veut plus.
Adieu, lui dis-je, adieu, monde frivole,
Bien insensé qui pour toi se désole !
    Vive Jésus !

Vive Jésus ! c'est un cri d'espérance
Pour les pécheurs repentants et confus ;
Sur eux du ciel attirant la clémence,
Ce nom sacré soutient leur pénitence :
    Vive Jésus !

Vive Jésus ! à ce cri de vaillance,
Je vois s'enfuir les démons éperdus.
Ce nom suffit pour dompter leur puissance,
Pour terrasser leur superbe insolence :
    Vive Jésus !

Vive Jésus ! cri de reconnaissance
D'un cœur touché des biens qu'il a reçus.
L'enfer veut-il troubler ma confiance,
Je chante encore avec plus d'assurance :
    Vive Jésus !

N° 96.

Vive Jésus ! Vive sa Croix !
N'est-il pas bien juste qu'on l'aime,
Puisqu'en expirant sur ce bois
Il nous aima plus que lui-même?
Chrétiens, chantons à haute voix :
    Vive Jésus ! Vive sa Croix !

Vive Jésus ! Vive sa Croix !
Le Sauveur l'ayant épousée,
Elle n'est plus comme autrefois,
Un objet d'horreur, de risée.

Vive Jésus ! Vive sa Croix !
Arbre dont le fruit salutaire
Répara le mal qu'autrefois
Fit le péché du premier père.

Vive Jésus ! Vive sa Croix !
De tous les biens source féconde,
Qui, dans le sang du Roi des rois,
A lavé les péchés du monde.

Vive Jésus ! Vive sa Croix !
La chaire de son éloquence,
Où me prêchant ce que je crois,
Il m'apprend tout par son silence.

Vive Jésus ! Vive sa Croix !
Ce n'est pas le bois que j'adore,
Mais c'est mon Dieu mort sur ce bois
Que je révère et que j'implore.

Vive Jésus ! Vive sa Croix !
Prenons-la pour notre partage ;
Ce juste, cet aimable choix
Conduit au céleste héritage.

N° 97.

Voilà donc mon partage: | Dieu l'ordonne, il est sage :
La souffrance et la mort ! | Je dois bénir mon sort.

Au printemps de ma vie
Je cueillis quelques fleurs ;
Pour punir ma folie,
Dieu me condamne aux pleurs.

En vain, monde frivole,
Tu veux les adoucir :
Lorsqu'un Dieu me console,
Ah ! laisse-moi souffrir.
Tes biens, tes espérances,
Tes plaisirs ne sont rien,
Et j'ai dans les souffrances
La source de tout bien.

Si le Dieu des vengeances
Appesantit ses coups,
Mes maux et mes souffrances,
Calmeront son courroux.
S'il est juge, il est père,
Il entendra ma voix,
Et le Dieu du Calvaire
Sait adoucir les croix.

Il connaît mes alarmes,
Il compte mes soupirs ;
Il veut payer mes larmes
Par d'éternels plaisirs.
Doux espoir qui m'anime
Et soulage mon cœur !
Si je suis sa victime,
Il sera mon bonheur.

Loin de moi le murmure !
Quand je souffre pour vous,

La peine la plus dure
M'est un tourment bien doux.
O Jésus, mon modèle,
Frappez de plus en plus ;
Oh ! que la croix est belle,
Quand on aime Jésus !

Oui, pour Dieu, quand on l'aime,
Souffrir est un bienfait ;
Oui, la souffrance même
Est un bonheur parfait.
Ah ! qu'on trouve de charmes
A pleurer chaque jour,
Quand on répand ses larmes
Pour un Dieu plein d'amour !

Vous qui de ce bon Père
Eprouvez le courroux,
Montez sur le Calvaire,
Voyez... et plaignez-vous.
Si Jésus sans se plaindre
Est mort dans les douleurs,
Un chrétien doit-il craindre
De verser quelques pleurs !

C'en est fait, je t'embrasse,
O croix, mon seul recours !
Mon Dieu, fais, par ta grâce,
Que je l'aime toujours.
O Jésus, ô Marie !
Vous n'aimiez que la croix ;
Et j'aurais la folie
De faire un autre choix !

N° 98.

Vole au plus tôt, vole, vole, mon âme,
Vers le doux cœur que t'ouvre ton Jésus,
Là, dans ton sein s'allumera la flamme
Dont brûle au ciel le peuple des Elus.

Volons, volons, mon âme,
Vers le cœur de Jésus,
Pour brûler de la flamme
Dont brûlent les Elus.
Vers cet heureux asile,
Que t'ouvre ton Sauveur,
Vole d'une aile agile,
Vole mon pauvre cœur.

Qui te retient? Vois comme dans ce monde
Tout est mensonge, amertume et chagrin ;
Mais dans ce cœur où tout bonheur abonde,
Ce n'est que paix, repos, charme divin.

Mais quoi ! ce doux, ce béni sanctuaire,
N'est-il ouvert qu'aux cœurs purs et fervents ?
Non, non ; ce Roi d'amour, ce tendre Père
L'ouvre surtout aux pécheurs repentants.

« Venez, dit-il, venez, âmes souffrantes,
« Je veux tarir la source de vos pleurs ;
« Je sais combien vos peines sont cuisantes,
« Je veux changer tous vos maux en douceurs.

« Venez aussi, venez en assurance,
« Vous que retient le tyran des enfers ;
« Je suis le Dieu de force et de puissance :
« Venez, venez, je veux briser vos fers. »

Nº 99.

Vous en êtes témoins, anges du sanctuaire,
De la Mère de Dieu nous sommes les enfants ;
C'en est fait ; et Marie a reçu nos serments.
Honneur, fidèle amour à notre auguste Mère.

Oui, nous l'avons juré : nous sommes ses enfants.
L'aimer est de nos cœurs le vœu le plus sincère.
Que la terre et les cieux redisent nos serments :
Haine au monde, à Satan ; amour à notre Mère.

De puissants ennemis nous déclarent la guerre ;
Je sens mon cœur frémir à l'aspect des combats.
Soutiens-nous, ô Marie ! à nos débiles bras
Daigne prêter l'appui de ton bras tutélaire.

Si, pour nous attirer, des faux biens de la vie
Le monde offre à nos yeux les attraits imposteurs,
Disons-lui, repoussant ses funestes douceurs :
Mon cœur n'est plus à moi, mon cœur est à Marie.

Nº 100.

Vous êtes toute pure, | Sans tache ni souillure,
Du haut du céleste séjour,
Marie, agréez notre amour,
Venez, agréez notre amour.

Vous êtes la porte éclatante
Par où l'on entre au ciel ;
Vous êtes la route brillante
Qui mène au bonheur éternel.

Du Sauveur vous êtes la mère ;
Nous sommes vos enfants ,
O vous qui nous êtes si chère,
Agréez nos pieux accents.

Du ciel, par vos douces prières,
Apaisez le courroux ;
O la plus aimable des mères,
Ne cessez de prier pour nous.

O bonne, ô douce, ô tendre Mère,
O source de bienfaits,
Reine du ciel et de la terre,
Soyez notre amour à jamais.

Nº 101.

Pour le Chemin de la Croix.

Suivons, Chrétiens, sur le Calvaire,
Jésus courbé sous un infâme bois ;   [croix.
Instruits par ce sanglant mystère, | Après lui portons notre

Par la voix d'un juge coupable,
C'est moi, Seigneur, qui vous livre au trépas ;
Qu'une justice inexorable | A mon tour ne m'accable pas.

Seigneur, malgré votre innocence,
Vous vous chargez d'une pesante croix ;   [poids.
Moi seul, digne objet de vengeance, | Je devrais en porter le

O Dieu de force et de puissance !
Sous ce fardeau, quoi ! je vous vois tomber ! [succomber.
— Hélas ! mon fils, c'est ton offense | Dont le poids me fait

Quand par amour, ô tendre Mère !
Votre cher Fils s'offre au courroux du Ciel,
Pour moi, victime volontaire, | Vous allez le suivre à l'autel.

Que votre sort est désirable!
Vous l'ignorez, heureux Cyrénéen.   [chrétien!
—Puissé-je aussi, croix adorable, | Vous porter, mais en vrai

O voile heureux! précieux gage,
Où sont gravés les traits de mon Sauveur!   [cœur!
—Jésus, puisse ainsi votre image | S'imprimer au fond de mon

Sous sa croix Jésus tombe encore;
Cruels bourreaux, pourquoi l'outragez-vous?   [coups.
—Mon fils, l'orgueil qui te dévore | M'humilie ainsi sous leurs

Ne pleurez pas sur mes souffrances,
Pleurez sur vous, sur vous seuls, ô pécheurs;
Et pour effacer vos offenses, | A mon sang unissez vos pleurs.

Tes rechutes, enfant rebelle,
Me font tomber une troisième fois.   [lois.
— Seigneur, aidez un infidèle | A garder constamment vos

Sur Jésus déployez vos ailes,
Anges du ciel, voilez son corps sacré.
Hélas! de blessures nouvelles | Je le vois encor déchiré.

Que faites-vous, peuple barbare?
Vous allez donc consommer vos forfaits!   [faits!
Ce bois est le lit qu'on prépare | A Jésus pour tous ses bien-

Sur la croix mon Sauveur expire;
A cet aspect le jour pâlit d'horreur :   [douleur!
Et moi, l'auteur de son martyre, | Je verrais sa mort sans

Dans quel état, tendre Marie,
Nous remettons votre Fils en vos bras!
Daignez de notre perfidie | Oublier les noirs attentats.

Près de vous, ô tombe chérie,
Je veux mourir de douleur et d'amour,
Pour prendre une nouvelle vie | Et voler au divin séjour.

Arras. — Typographie Rousseau-Leroy, rue Saint-Maurice, 26.

HISTOI

ABRÉGÉE

de la Ville & de

de

RED

Par un Prêtr

Ancien élève du Collége S

A REDO

CHEZ Mlles THOREL,

Place Saint Sauv

9 782329 069197